Juger la Reine

マリー・アントワネットの最期の日々

上

エマニュエル・ド・ヴァレスキエル
Emmanuel de Waresquiel
土居佳代子 訳
Kayoko Doi

原書房

マリー・アントワネットの最期の日々◆上

クレオン、（遠く前方を見つめながら）「あの娘は死ななければならなかったのだ」

ジャン・アヌイ『アンティゴーヌ』

「人間を善良で賢明で、自由で、穏健で、寛容にしようと思えば、彼らをすべて殺したくなることは避けがたい」

アナトール・フランス『神々は渇く』

注記：マリー・アントワネットの署名は1793年9月4日、コンシエルジュリにおける2回目の尋問調書原本からとった。検事フーキエ＝タンヴィルの署名は、1793年10月13日、文書管理人による裁判の証拠物件の引き渡し書類のもの。鉄のキャビネット（armoire de fer AE/I/5　no.19 および no.18）

目次　〈上巻〉

第一幕　牢獄　7
第二幕　外国女　87
第三幕　被告人　163

目次 〈下巻〉

第四幕

「死の騎士」 5

エピローグ 81

あとがき 95

図版解説 111

参考資料 117

謝辞 121

人名索引（上巻・下巻） I

＊原注（上巻・下巻） XIII

第一幕

牢獄

今日、パリの大審裁判所［通常の民事裁判を行なう］第一法廷へは、大理石の柱廊をそなえたやや重厚な感じの扉を通り抜けて入る。わたしは前に一度だけそこを訪れたことがあった。それは二年前、フランス歴史的建造物センターからコンシエルジュリ博物館再整備の検討を依頼されたときのことで、博物館のほうはまだそのままになっているが、あのときの印象はいまも忘れられない。広くてがらんとした室内にいたのはほぼわたしだけだったのに、閉所恐怖症にとらわれたような感覚と催眠術にかけられたような感覚を一度に覚えたのだ。漠然とした居心地の悪さのようなものもあった。そこは、宗教色を排した修道院と、第三共和制初期のブルジョワ的な気どりの匂いがした。全体に暗い色の樫材で張った、大聖堂内の司教座聖堂付き参事会員の席に似た仕切りがならび、右手にある三つの大きな窓から、ほこりと保護用塗料のフィルターを通った鈍い光が射していた。まさに、一日の喧騒がおさまったころ、夕暮れに飛び立つミネルヴァの梟《ふくろう》のすみかとでもいおうか。だが知恵の象徴どころか、この悪趣味な模倣と、作り手の幻想と誇大妄想によるらしいばかげた装飾には、少しの賢明さも哲学もみられない。格天井と装飾をほどこしたつり要石は、ごてごてと金箔がぬられた緑青色の色調で、馬上の槍試合で命を落とした騎士王アンリ二世の時代（一五一九―一五五九）の古いフランス風の天井をなんとなく思わせる。そのうえ、樫の板の上は、ルイ一二世（在位一四九八―一五一五）の紋章であるヤマアラシの姿も見える。だが、やはり全体的には、勝ち誇る共和制の表象が支配的だ。一八七一年、コミューンの大火で裁判所のほとんどが消失したのち、それを再現するにあたって、少しは昔からのものを維持しようと、こだわったということなのだろう。

ここではかつて、王にのみ由来する裁きが行なわれていた。現在、判決をくだすのは国民だ。というか国民と政治である。わたしにはこれから書こうとしている本のおおまかな構想があったので、洞窟のような法廷内を歩きまわりながら、過去の闇を思わずにはいられなかった。

一九四五年に、ドゴールのフランス臨時政府が［政府高官の弾劾裁判を行なった］高等法院をおいたのはここである。そして、一九六一年に高等軍事裁判所が、ドゴールの政策に反発してアルジェリアでクーデタ［将軍たちの反乱あるいはアルジェ一揆とよばれる］を起こした老将たちを裁いたのもここだった。そのうちシャールとゼレールは禁固刑を言い渡され、数人はのちに減刑となったが死刑判決を受けた。また、ここから実際に、シャティヨンあるいはモンルージュの銃殺執行隊に送られた者もあった。あの日、検察官のマルセル・ルブールが真紅の法服をまとった巨体から声を轟かせてブラジヤック［フランスの著述家、ジャーナリスト。フランス占領下で対独協力］に死刑を求刑しているのを、まのあたりにするような感じさえする。ペタン、ラヴァル、ビュカール、ブリノン、リュシェール、ダルナンといった対独協力《コラボラシオン》の大部分も、ここでみじめな敗北を喫した。わたしがそこで見た闇は、われわれの現代史におけるさまざまな悲劇の闇によく似ている。そこには、ギリシア神話の人物、ヘラクレスが一日で掃除しなければならなかったというアウゲイアスの家畜小屋のように、長年の汚れが淀んでいる。

＊

王の時代には何もかも違った。アンシャン・レジーム時代、第一法廷は大法廷、と別の名でよばれていた。そこでは、パリ高等法院《パルルマン》の緋の衣をまとった司法官たちが、下級審から控訴されてきた事件の終審を行なった。また、特定の事件に合わせて新しい法律を作る、という規則制定判決を行なったり、建言によって王令《オルドナンス》の登録を拒否して、その発効を阻止したりすることもあった。これを認めようとしなかったルイ一四世が、一六五五年四月一三日、狩猟帰りに乗馬用の鞭を手にしたまま立ちよって、王の権威が高等法院の権威に優越することをしめすため、メンバーを前に「朕は国家なり」と言ったとの伝えがあるのもここである。そしてまた、一七八七年一一月、ルイ一六世が最後の力をふりしぼって国王の権限を主張しようとしたのを、すでに革命の側にあった司法官たちが頑として聞き入れなかったのも同じ場所だ。王は、破産瀬戸際の王政の最後の可能性として、税制にかんするいくつかの王令を強制的に登録させようとしたのだった。「それは不法だ」と革命の気運を歓迎していた従兄のオルレアン公が叫ぶと「合法だ、なぜならわたしが望むから」とルイ一六世はしどろもどろに言った。数カ月後、王は三部会の招集を決定した。革命がはじまっていた。

それまで大法廷は、王という人格を中心に組織され、すべての正義は王にあった。王座はフランス王家の象徴であるユリの花の模様の青い布に包まれ、天蓋をいただいていた。「王の御座」、王の臨席する親裁座は神の席でもあった。そこには一四五〇年代から、長いあいだ誤ってデューラー作とされていた巨大なキリスト磔刑図が飾られていた。その絵は一九〇五年の政教分離法以降ルーヴル美術館に移され、そこに保管されているので、いまも見ることができる。キリストの両側に、王国を守る聖人たちと王たちが描かれている。ルイ九世と洗礼者ヨハネ、シャルルマーニュ王と王家と王国の守護聖人であるディオニシウス［フランス語では聖《サン》ドニ］だが、サン＝ドニは殉教伝説が語るように、自分の切り落とされた頭を腕にかかえている。サント＝シャペル（聖なる礼拝堂）がすぐそばにありながら、ここでもこのようなしつらえのすべてが、まるで地上と天国における二つの王国のあいだには見える絆と見えない絆の両方があるかのように、王権が神からもたらさせたものであることを、はっきりと告げていたものだ。

　大法廷内は、何もかもが優越、序列、秩序、威厳を感じさせる必要があった。床は白と黒に張られ、ルイ一二世統治下のゴシックの偉業を受け継いだ天井は、あまりにすばらしい彫刻と装飾がほどこされているので、長いあいだ「黄金の間」とよばれた。大きな壁かけが壁を飾り、当時は同輩衆［封建時代の重臣］の扉とよばれていた入口の扉のそばの、クストゥーによる、「真実」と「正義」をともなったルイ一四世の騎馬姿の彫刻のある暖炉が、太陽王の栄光をたたえていた。

　これらすべては一七九三年に消えさる。一七八九年七月一四日のバスティーユ陥落以降パリ市長となっていたバイイが、一七九〇年に大法廷を封印。裁判を王という人格から分離するため、同年一一月、国民議会は、一応は上告審でありながら立法機関に従属する破棄裁判所［トリビュナル・ド・カッサシオン、一八〇四年まで］を創設する。高等法院《パルルマン》が解体されてから、破棄裁判所がこの場所にあったが、九三年三月にもう一つ別の裁判所である特別犯罪裁判所が創設されると、これに替わった。この特別犯罪裁判所は革命裁判所の名のほうでよく知られ、恐怖政治の中核となった。

　そのあいだ、「自由の法廷」として生まれ変わった旧大法廷から、王政時代を思わせるものすべてが入念に除去された。ユリの花の模様の壁かけがとりはずされ、クストゥーの暖炉は二台のストーブに置き換えられ、ルイ一二世時代の装飾はなめらかな天井でおおわれた。以後、空虚と退屈が徳と公平の役割を担うこととなった。

部屋の奥の、一段高くなった台座の上のかつて玉座があった場所に、裁判官のための厳《いかめ》しい、グリフォン［上半身がワシで下半身がライオンという想像上の動物］足の長いテーブルが置かれた。革命の裁判が王の裁判にとって代わった。一七八九年に起こった国王から国民への統治権の驚くべき転換を、これほど強烈に象徴するものはない。その下方にある小さいテーブルを使うのは公的訴追者（検察官）［革命期はこのようにアキュザター・ピュブリックとよばれた］、今日の検事局を代表する検事（アヴォカ・ジェネラル）の祖先のようなものである。左手に被告人の席が用意された。右手の窓の下には、陪審員のベンチがあり、その前に書記官のテーブル、昔の同輩衆の扉のほうには、傍聴人のための木製の囲いがあった。扉の上には彫刻家フランソワ・ドージョンがこの場所の厳格さと時代の好みに合わせた題材で薄肉彫りのレリーフをほどこした。それがどんなものだったかいまではもうわからないが、古代の物語から引用された寓意作品だったのだろう*1。

*

このフランソワ・ドージョンは、当時はやりのサン・キュロットの活動家のなかでもひときわ変わった人物だった。純粋な愛国者でパリのコミューン（革命自治体）の議会のメンバーであった彼は、一九七二年八月一〇日のテュイルリー占領のすぐ後、タンプル塔で王一家を見張る任務を負っていた。そのおかげで、本業のほうでもある程度の注文を受けることができたにちがいない。パリにある多くの教会、とりわけサン＝シュルピュスの「封建制や盲信の象徴」を破壊する役目を担っていたことで知られていた＊2。革命というものは、昔もいまも、何もかもを白紙に戻したがるもので、そこには傲慢と悪の側のほうへ追い出された王国の過去もふくまれた。現在から過去を引きはがすことで、善いものとそうでないものを分離するのだが、人々にも自分の記憶のがらくたの山をおはらい箱にし、昔の確信をすてさって、建設中の新しい社会にそなえるよう、生まれ変わることを奨励する。こうして王政はあっというまに「旧体制《アンシャン・レジーム》」となった。その影響は個人におよび、ものごとにもおよんだ。裁判所（パレ・ド・ジュスティス）においては、古くからある荘厳な黄金の間がこの運命を負うことになったというわけだ。

＊

判事のテーブルの後方の壁には入念にも、型染めされ、裏打ちされた二・五メートルほどの二枚の大きな布がかけられた。一枚は人権宣言、もう一枚は一七九三年六月に厳かに発布されながらも、施行されることのなかった共和暦一年憲法である。この二枚がカルナヴァレ美術館の革命期展示室に現在展示されているパネル*3と同様のものと推測するなら、すべては「国民公会の承認を得た」との文言が読める。国民公会は、一七九二年八月の王権停止後に選出された議員で構成され、九月に共和国を宣言した。「共和国の統一と不可分性」との文言も、フリジア帽［またはフリギア帽。赤い三角帽で自由の象徴とされた］を掲げた二枚のパネルの飾り枠内にある。この、モーセの十戒をきざんだ律法の石板のような権利の宣言のパネルは、この時期パリのどの公共の場所でも、装飾と象徴の意味で欠かせないものだった。これは以前の政体と入れ替わった新しい政体が、宗教的ではないが神聖であることを示すためであり、また、あきらかに教育的な配慮もあった。かつての聖なるイメージが教会に掲げられたように、新しい聖なるイメージの教示だった。共和制がくりかえし提示され、明示された。その後続いた政体においても、事情は同じである。

一七九三年一一月二一日［エベールを中心とした非キリスト教運動の一環として、一一月一〇日から「理性の祭典」とそれにともなう行事が行なわれた。共和暦二年ブリュメール一日］、パレ・ド・ジュスティスに配属された憲兵隊は、革命裁判所のメンバーに、「自由のために死んだ偉大な二人の犠牲者」マラーとル・ペルティエの胸像だけでなく、ローマ共和政の伝説的創設者ルキウス・ユニウス・ブルートゥスの胸像まで次々に提供した。ブルートゥスは共和政に反する共謀のかどで息子をふたり死刑にしたことで、革命下で人気が出ていたのだ*4。ふたりの国民公会議員、マラーとル・ペルティエの運命は人も知るところで、ひとりは「民衆の友」で山岳派だったが、一七九三年七月一三日、入浴中にシャルロット・コルデに暗殺され、もうひとりはルイ一六世の死刑に賛成票を入れたことで、護衛のパリスに剣で刺し殺された。

ここでは、自由のために死んだ英雄は栄誉をたたえられる。彼らは道徳の鏡であり、自由を壊すものたちに対する批判の体現であり、そのために彼らは死ぬだろう。たしかに、死が、非業の死が、この場所にはすみついていた。そこは、冥府の川ステュクスのほとり、渡し守カロンの舟のなか、ひとつしかない扉を通って旧大法廷に入ると、二度と戻れないかのようだ。胸像は奥の壁の人権宣言と憲法の両側に置かれた。ダヴィッドも、有名なマラーとル・ペルティエの肖像画を国民公会に贈っているが、今日ではマラーの肖像画のみブリュッセルの美術館に残っている。革命裁判所では、もっと地味だが、これにおとらず重要なシンボルを大切にしていた。たとえば、一七九三年一一月二〇日の同じセレモニーで、国家の「最後の」牢獄であるバスティーユの打ちこわしという非常に儲かる仕事を請け負っていた、建築請負人である市民《シトワイヤン》パロワは、解体した監獄の石を裁判所に寄付し、それはしかるべき場所に展示された。

自由の法廷では、出頭した被告人を裁くだけでは満足せず、王たちの独裁や暴政の跡を示して彼らを教育しようとした。告解と自白に重きをおく宗教裁判がさかんだった頃と同様、今度は非宗教であるが、死は共和国全体の償いと浄化のプロセスの一端を担っていたのだ。しかし、ある歴史家たちが主張するのと違って、このマラーとル・ペルティエの胸像――革命裁判所を描いた数少ない版画のなかに描きこまれている――は、この物語がはじまる一七九三年一〇月には、まだ自由の法廷に置かれてはいない。

*

コンシエルジュリの牢獄から法廷へ行く通路はパレ・ド・ジュスティスの二階にあるが、ここを通った人の記憶からいつまでも消えることはない。「身の毛もよだつような階段を通ってそこにいたる」とバルザックが、『娼婦の栄光と悲惨』のなかで、主人公の元徒刑囚ジャック・コラン、またの名をカルロス・エレーラ神父の動きを追いながら書いている。「その迷路では、パレをよく知らないものは、ほとんどかならず道に迷ってしまう」と続けている*5。また、アンジェリック・ヴィタスという元修道女は、一七九四年二月九日の公判を生きのびて、「とても狭くてひどく汚い、たくさんの真っ暗で小さな通路」について語っている。

まず一階にある「囚人の廊下」から、「画家たちのギャラリー」とよばれている二階の回廊へ、最初の曲がりくねった階段を上る。この回廊は一般に解放されているので、たいていは人の行き来が結構ある。被告人がここで群衆にののしられるということもときに起こる。そこから十歩ほどで、法廷の後方に沿った狭い廊下に到達するが、そこに法廷内に入るための非常に低いドアがあって、みながよく頭をぶつける。このドアを入ると、法廷の奥のほうの裁判官たちの壇の右手の窓側だ。この行程についての証言を残した囚人たち全員が、旧大法廷に入ると、「全身の震え」にとらわれたと述べている*6。

ロレーヌ・オートリッシュ（オーストリア）の、といわれたマリー・アントワネット、一七九三年一月二一日に革命広場［現在のコンコルド広場］でギロチン刑に処されたフランス王ルイ・カペーの未亡人マリー・アントワネットが、一七九三年一〇月一四日月曜日の午前九時少し前、法廷内に入ったのは、このドアからだった。

それは恐怖政治初期のことで、共和国はまだ一歳にしかなっていなかった。戦争をしていた。前線では、ヨーロッパのほぼすべての君主国が参加する同盟軍に脅かされて、危険な状態だったし、国内では、西部でカトリック王党派によるヴァンデの反乱、リヨンやマルセイユで連邦主義者《フェデラリスト》による反乱が起こっていた。北部のコンデとヴァランシエンヌはオーストリア軍に降服し、ダンケルクは占領された。南部のトゥーロンはイギリス人の手に落ちた。おまけにパリではパンが足りなかった。

ジャコバン・クラブでは早くも八月三〇日に、「恐怖政治を議事日程」にのせる。パリのサン・キュロットたちが国民公会に徹底的な対策を要求していた。彼らのスローガンは明確だった。「あらゆる場所に復讐と正義を」。九月五日、議員たちは彼らに譲歩した。この日、革命軍の創設を決め、あとで述べるように、三月に設置されていた臨時裁判所の権限を強めた。また、パリに四八ある自治区（セクション、市の下部組織）の権限も強化した。警察の役割を担う治安委員会のメンバーも一新した。九月一七日には、「疑わしい者たち（反革命容疑者）に関する」法令を議決するなど、八月中検討していたがそれまで実施をためらっていた一連の対策を講じることとした。フランス人全員の徴兵（総動員法）、強制税、物価と給料の統制（最高価格法）などである。法廷では以後「法律による有効な恐怖政治」が討議された。サン＝ジュストの提案で、一〇月一〇日「政府は平和が訪れるまでは革命的であること（平和到来までの独裁の要求）*7」を決議する。四月に創設された公安「大委員会」の一二名の委員が、以後権力の大部分を支配した。

パリでは、空気がだんだん重苦しくなってきたが、まだ一七九四年六月の大恐怖のおそろしさを知らなかった［六月一〇日の革命裁判所改組法で審議をへない略式判決が許されるようになる］。革命はまだ、のちにサン＝ジュストが言うように「凍って」はいなかったが、この一七九三年夏の終わり、なにかが変わった。一七九三年一月二一日の国王処刑から、革命は分裂していた。ジロンド派とダントン、マラー、ロベスピエールなどの山岳派、身内が殺しあう戦争が何カ月も続く。六月二日のジロンド派排除、七月のマラー暗殺、軍の敗北、いままでもサン・キュロットが経験していたような窮状の広がり、さらに数々の陰謀が激情をあおった。初期の高揚が徐々に、恐怖、不安、憎悪に場所をゆずった。

パリでは、住人は自治区《セクション》の委員会の熱意が思いつくまま、不意の告発や捜査を受けた。それは、かつて王が裁判抜きで投獄や追放を命じた封印状が国民にとどくようなもので、しかも際限なく出された。ひとりとして安全な場所にいる市民はなかった。とくに金持ちが狙われた。聖職者や貴族は、フランスにとどまるかぎりは反革命容疑者とみられ、亡命すれば犯罪者だ。過去、名前、仕草、ちょっとなにか言ったことが牢獄へ送られる理由となりうる。だがその牢獄のなかでは、すでに一五〇〇人以上が朽ちかけていた*8。居住地を指定されていた人も多い。パリへやってきたばかりの人物の証言がある。「ここではみなが闇にまぎれるようにしている。顔を帽子で隠して、すれ違うときすばやく合図をするだけだ。(…)きっとそのうちにわたしも逮捕されるにちがいないと思った[*9]」

当時オルレアン公と親しい関係にあり、それからまもなくあやういところでギロチンをまぬがれたイギリス人女性グレース・エリオットが、回想録のなかでそのことを非常に巧みに語っている。「自分の部屋のなかにいてもつねに恐怖は続きます。笑えば、共和国の不運をおもしろがっていると告発され、泣けば、共和国の成功を悲しんでいると告発されるのです。兵隊がしょっちゅう家のなかまで、なにか謀反をくわだてていないか探りに来ます[*10]」。恐怖政治のおそろしい夜はまだだったが、すでに黄昏が迫っていた。

*

一七九三年三月一〇日の法律によって創設され、四月初頭から開廷された革命裁判所が、この共和国の敵を恐怖させる機構の中心にあって、徐々にその力を発揮しはじめていた。これを最初提案したのは、パリのコミューンやセクションの後押しを得たパリのサン・キュロットで、その年さらに多く起こりそうな気配を見せていた反革命暴動のあった日のことだった*11。その発議は国民公会の山岳派左派にもとりあげられた。さらに法制委員会の法律家の意見も考慮する必要があったが、のちの第一帝政時代に非常に賢明かつ非常に冷静な大法官となるカンバセレスが、そこで中心的な役割を果たした。「革命の時代は極端な措置を必要とする」。判決陪審の原則はかろうじて守られたが、この先、「反革命のくわだて」、とジロンド派の政治家イスナールがよんだ事案については、あいまいなままの起訴でも終審として確定判決がくだせること、この裁判所が国民公会に従属すること、とする法整備がなされた。さらに陪審員たちは口頭で意見を表明しなければならず、全員一致でなければならない、とされた。それがすべてを変えた。

法廷ではロベール・ランデ［弁護士出身の山岳派。ハイエナのあだ名をもつ人物だが、革命を生きのびる］と、とくに「危機にある祖国」の人ダントンが、熱をこめてそれを弁護する。「政治犯罪を定義するほどむずかしいことはない。緊急事態には非常手段が要求され、冷酷な措置も必要なのだ。通常の手続きと革命裁判所との中間はない、とわたしは思う。民衆がそうならなくていいように、われわれが冷酷になろう*12」。一七九四年四月、今度は自身が被告人として裁判官の前に出頭したとき、ダントンはまだはかない幻想をいだいていた。「われわれに発言を許してさえくれたら（…）この裁判所を設立させたのはこのわたしなのだから、これはわたしの領分だ*13」。それでもやはり彼はギロチン台に送られた。彼は政治的裁判を求めていたのだが、政治が彼を殺すことになる。歴史家ミシュレがのちにコメントしている。「この裁判所は正義の剣であっただけでなく、まさに剣そのものだった[*14]」

しかし、国民公会で設立が決まろうとしていた日に、この裁判所法令が人権に抵触すること、また司法の独立を害すること、を指摘する意見もあった。ジロンド派のヴェルニョは「ヴェネツィアの異端審問《インクイジション》より千倍おそろしい宗教裁判だ」と反対意見を述べた。しかし、この裁判所が、古代ローマの罪人の死体をさらした嘆きの階段のように、多くの人々を死に送りこんで公然と侮辱したことで、のちのちまでおぞましい「殺人法廷」と認識されるようになるのは、とくに一七九四年七月のロベスピエールの失墜後である。「あの死刑執行人たちの旧式裁判所《ブレヴォテ》」と歴史家アルベール・ソレル［一八四二―一九〇六。フランスの歴史家で、フランス革命のスペシャリスト］も言っている[*15]。

一七九三年四月七日から開廷され、正式に革命裁判所となった特別犯罪裁判所は、数度の変更をへて徐々に公安委員会の支配下に入る。マリー・アントワネットが一〇月一四日に出頭したとき、この裁判所はすでに一〇〇人近くを処刑台に送っていたが、これはまだ序の口だった[*16]。一七九三年四月から一七九五年五月に廃止されるまでに、無罪判決も同数くらいあったとはいえ、二七四七人に死刑判決をくだしている。五月には大きな裁判がはじまった。オルレアンでの国民公会の派遣委員レオナール・ブルドン襲撃事件の裁判と、ルーアンで陰謀をくわだてたとされた人々の裁判である。マラーを暗殺したシャルロット・コルデや反逆罪を問われたキュスティーヌ将軍、ジロンド派のジャーナリスト、ゴルサスも裁かれた。ほかの裁判も続く。六月二日にジロンド派の議員二一人が有罪判決を受けた裁判、フィリップ・エガリテ（オルレアン公）、ロラン夫人、元国民議会議員アントワーヌ・バルナーヴの裁判、バルナーヴは一七九一年宮廷と秘密の文通をしたかどで処刑された。

だが、マリー・アントワネットの裁判はほかのものより重要だった。たんに王妃の裁判だったからだけではない。そこでは、ふたつの絶対的に異質の世界が、激しくぶつかりあった。一方は消えさろうとし、もう一方は荒々しく現れ出ようとしていた。このふたつの世界は互いに耳をかそうとしないだけでなく、互いに相手を排除することでしか救われる道がない。両者が決してあいいれないことは、だいぶ前からはっきりとしていた。一方に共和制、他方に旧王制とその宮廷、作法、慣習があった。その裁判はまたひとりの女性の、ひとりの母親の、裁判だった。ひとりの外国人の裁判でもあった。

この裁判に現実味があったというなら、それは幻想の世界の現実味である。そのことでもまた、この裁判は特異だった。『ランセ〔トラピスト会を創設した、一八世紀のカトリック神学者〕の生涯』の序文を書きながら、シャトーブリアンは考えたのではないだろうか。「夢想を離れるとき心は張り裂けそうに痛む、それほどまでに人には現実味がない」。ここで幻想は、王妃にとって意義があったのと同じくらい裁判官にも意義があっただろう。政治と王家同士の協約によって心ならずも王妃となった元王太子妃にとって、一生でもっとも悲痛な夢の三日と二夜、これから彼女を裁こうとしている人々の運命に永久に深い刻印を残すことになる夢の三日と二夜だった。

法廷に入るマリー・アントワネットは、数人の憲兵にぴったりとはさみこまれているが、彼らは、裏打ちと赤い袖飾りのついた青い服に、三色帽章つきの二角帽子《ビコルヌ》をかぶり、手に武器をもっている。そのなかでひとりだけ、フランス衛兵隊の元擲弾兵で、のちにエコール・ミリテールの裏で小さなレストランを開いたレジェの名前だけがわかっている。というのも、この男は王妃の衛兵のなかではめずらしく、あるパリのコミューンの委員に、革命のずっとあとで自分の経験を語っているからだ。委員のほうは、裁判に検察側の証人として出廷していて、マリー・アントワネットがコンシエルジュリに移される前の七カ月幽閉されていたタンプル塔の監視も担当した。この委員はのちに本を出版する。このテキストは本書のこの先でも、たいへん貴重な資料として役立った*17。憲兵を指揮していた士官、ルイ＝フランソワ・ド・ビュスネの名前もわかっている。この人物は、元王国憲兵隊旅団長補佐官で、一七八〇年代にロイヤル・ドーファン連隊に入隊、二九年の軍務のあと、王政復古下で除隊、レジオンドヌール勲章のシュヴァリエ、アンヴァリッド［軍事博物館］の大隊副官という名誉を受けた。しかし、じつは、もう少しのところでマリー・アントワネット裁判の件からぶじには抜け出せない危険があったのだ。ほかの人々と同様、王妃に反する証人となったのも、身を案じながら、意に反してのことだった。革命によって新しい人間に生まれ変わったと信じて、一七八九年の前と後とで彼らの人生を二つに分けるという、歴史家のあいだに非常に多くみられる考え方には、わたしも心惹かれる。しかし、われわれがどちらの側に認めるのも同じ人々であって、それは一七五〇年から一七六〇年代のアンシャン・レジームの時代に生まれた世代全体についていえることである。

どうやら、ビュスネ中尉は裁判の際、昔の敬意を反射的に示してしまったにちがいない。長年王政に仕えてきた人からこの習慣は簡単には抜けない。裁判のあと部下の一人に告発されて、逮捕され、元王妃の前で帽子をとったとか、水を一杯差し出したとか、牢に戻るとき階段で腕を貸したといった理由で、もう少しで有罪判決を受けるところだった。投獄され、震えあがった彼は、帽子を脱いだのは暑かったからで、「わたしがそうしましたのは、そのほうが快適だと思っただけで、罪びとに敬意を表するためではありません」と説明して無実の証明を試みた。なんとか窮地を抜け出す。そしてのちに、王政復古の時代になってブルボン家の権威が戻ってくると、その災難を思い出し、タンプル塔の牢獄からただひとり生き残って、アングレーム公爵夫人となっていたマリー・アントワネットの娘、マダム・ロワイヤルに対し、ルイ一四世が創設した、アンシャン・レジームのもっとも古い勲章であるサン＝ルイ十字勲章を、ためらうこともなく要求することになる*18。「人生はエウリポスの流れのように変わりやすい」とアポリネールは言った。エウリポスは小アジアにある海峡で、潮の流れが一定しないことで知られている。この裁判の登場人物たちの後世の物語は、ヴィリエ・ド・リラダンの『残酷物語』のなかで語られる、老いた盲人の物語である。彼がシャンゼリゼの鉄柵の前で物乞いをしていると、大衆は移りゆく政体のままに、次々と叫びながら通る。皇帝万歳！　共和国万歳！　コミューン万歳！（マクマオン）元帥万歳！（『民の声は天の声《ウォクス・ポプリー・ウォクス・ディー》』）彼の言葉だけが変わらない。「貧しい盲にお憐れみを！」

法廷に入ったとき、マリー・アントワネットはどんな印象をもったのだろうか？　彼女はこの場所をすでに知っていた。ここで前々日の真夜中、ゆらめく蝋燭の灯りのなか、非公開の尋問を受けたのだ。裁判初日にあたる一〇月のこの朝は曇天だったので、昼間とはいえ、前のときよりずっと明るくてよく見えるということはなかっただろう。

法廷の高い窓は、セーヌ河岸ではなくマガザンの中庭とよばれる狭い庭に面している。採光が悪く、窓からはやや青白い微かな光がやっととどいている。王妃はおそらく激しいショック状態におちいっていたであろうから――なにしろさしせまる危険を前に、侮辱され、方向を見失い、家族や友人から引き離され、一四カ月の勾留、しかもそのなかの一カ月はほとんど完全な隔離のあとなのだ――この光景をよく見ることはできなかったにちがいない。霧のなかにいるようだったにちがいない。しかもだいぶ前から近視になっていた上、コンシエルジュリの独房の通気不足と湿気のせいで、右目の機能がほぼ失われていた。「歩く先がよく見えません」と独房に戻るとき、彼女はビュスネに言ったようだ。

彼女がまず感じたのは、きっとそこにいる人々の顔ではなく、ぎっしりとつめかけた人々のムッとする熱気と轟くようなざわめきと騒音だった。

マリー・アントワネットが裁判官の前に姿を現したとき、法廷には少し前から人が集まっていた。四人の裁判官と裁判長――マルシアル・ジョゼフ・アルマン・エルマン三四歳、アルトワの古くからの官憲の家系の出で、革命前にアラスで知りあったロベスピエールと親しい――はすでに席に着いていた。判事たちは、まるでおとぎ話のカラスのように、表裏ともに黒いガウンを着て、アンリ四世風の前が上がっていて黒い羽飾りがついた帽子をかぶっている。首には三色のリボンにつけたメダルを下げていて、そこには彼らの役割を表す「法律（ラ・ロワ）」という字が書かれている[*19]。検事のフーキエ＝タンヴィルは、この裁判が判事たちの、というより大いに彼の裁判であるため、起訴の証拠書類が山積みになったテーブルの前で、立ったまま王妃を待っていた。彼にはもう少し後でまた会うことにしよう。その隣には、おそるべき国民公会の公安委員会のメンバーが何人も着席している。彼らは委員会を代表して公判を見守り、必要な場合は「彼らが必要と判断する申し立て」[*20]を行なうために出席しているのだ。全員が当時国民公会を支配していた山岳派に属し、王の死刑にはその全員が賛成した。そのなかには、数日後に国民公会の議長に選出されることになるマルセイユ出身のモイーズ・ベールや、ガール県の議員で、委員会で中心的な役割をしていたジャン・アンリ・ヴーランの顔が見える。おそらくだれよりもその時代の政治警察の贈収賄の実践に詳しかったからだろう、彼はだれよりも長生きした。そこには、かつてグルノーブル高等法院の弁護士だったアンドレ・アマールもいた。マリー・アントワネットは彼を知っていたし、彼の事情も理解していた。アマールは九月三日に独房で、彼女に対する尋問を行なったが、そのやり方は前々日のエルマンやフーキエ＝タンヴィルと少しも変わるところがなかった。

*

実際に裁判に参加する「判決陪審」を構成する一五人の陪審員たちが、被告人より少し先に入廷し、宣誓を待っていた。その後ろに補欠要員が数人座っている。ふたりだけをのぞいて、彼女の知らない人々だ。ひとりはコンシエルジュリの独房へ何度も診察に来た法廷付きの医師ジョゼフ・スーベルビーユ、もうひとりはクロード・ルイ・シャトレという男で、こちらには長いあいだ会っていなかった。

マリー・アントワネットがすぐに彼らに気づいたとは思われないが、ある意味そのほうがよかった。彼女は四年前からすでに多くの豹変や裏切りを経験してきたが、そうでなければひっくり返ってしまったところだ。裁判はそうした豹変や裏切りの軽蔑すべき証拠を見せた。もしそれらの裁判に真実があるなら、それはつねに変わりやすく、移ろいやすい人間の性《さが》についてである。シャトレはまだ四〇歳にしかなっていないが、いまや彼と失墜した王妃とのあいだには宇宙的なへだたりがあった。楽しかったプティ・トリアノン［小トリアノン宮殿］の日々、彼は王妃のお気に入りの画家のひとりとして大切にされていた。ほかの多くの陪審員のだれよりもいっそう、彼はわたしにとって真の謎である。

わたしがこの人物からはじめようと思ったのは、裁判所を構成する人々がかかえていた熱情や興奮とおそれ、衝動と理性や誠実さ、大志と憎悪とのあいだのどこかにある大きな矛盾を、だれよりもはっきりと体現しているからだ。傷ついた自尊心や人間としてのためらいや臆病や弱さと、完璧な世界の安心できる確実さがあたえてくれる慰め、とのあいだのどこか。その世界は頭のなかで、白と黒とで描かれている、善人と悪人、愛国派と裏切り者、革命と反革命とで。その先には避けがたく、過激主義と狂気が待っている*21。

もはやライバルや反対派ではなく、たんなる敵となったとき、彼らにはどうあっても消えてもらわなければならない。そうなると残るのは狼の二者択一のみだ。自分が死ぬか、相手を殺すかである。革命に捧げられた大絵巻『神々は渇く』を書いた共和国の古い懐疑主義者アナトール・フランスは、きっとこのシャトレから想を得て、主人公エヴァリスト・ガムランを創造したのだろう。ガムランもシャトレのように画家で、シャトレのように革命裁判所に宣誓し、マリー・アントワネットの裁判に出席する。そしてシャトレのように死刑台で苛烈な最期を迎える。フランスは、エヴァリスト・ガムランが、「救いの言葉と破滅の言葉」を知った新しい信者のようなもので、はからずもなんらかの抽象的な真実の虚無と暴力のなかに閉じこもって出てくることができない人々のひとりだと書いている。人は誠実さで人を殺せる。のちに、国民公会議員だったデュロールがこのような人々のことを「大きな変動の時期には熱情がどんな動きをするものかをよく知らずに、そして自分自身の思いでほかの人々を判断し、（…）論理の瑕疵を隠すために誠実さをこれ見よがしに示したり、弁舌でごまかしたりすることに簡単に身をまかせてしまう」狂信的な人々であると述べている*22。

シャトレはおそらく、裁判官のひとりであった医師ルシヨンと同じように、正義の勝利が人間を「もっとよく」すると考えていたあのジャコバン派に属していてのだ。「そうなれば裁判官も大砲もサーベルも銃剣も不要になる」。だが慎重につけくわえる「そのときはまだ遠い」*23。

熱烈に崇拝していたロベスピエール失墜［一七九四年七月］後の一七九五年五月、彼自身も裁判にかけられて断頭台へ送られることになるが、その裁判のおかげで彼が非常に早い時期から革命に参加していたことがわかる。シャトレは、エルムノンヴィルにある墓の絵まで描くほどルソーが好きで、彼の説く原初の状態、国民、自由、そしてなにより平等思想に夢中だった。のちの裁判で、彼は、共和国は「銀行家や金持ち、貴族やすべての能力のある人々を撲滅してしまう」ことでしか平和にならないだろう、と主張したことを非難された。しかし、彼自身、そうした人々の仲間だった。良心のとがめからか、ほんとうの確信からか、そのようなことを人より大声で叫んだのは、命びろいのためだったのだろうか？[*24] 彼は、王を失墜させた一七九二年八月十日の蜂起コミューンに参加し、またたくまにパリのサン・キュロットの小さな世界で指導的立場に立った。そのことはしばしば、属している委員会の数でわかる。パリの恐怖政治機構はすべてこれに集約される。厳格なヒエラルキーがあるにもかかわらず、いくつもの委員会が互いに重なりあい、牽制しあう仕組みになっていた。シャトレは、ヴァンドーム広場周辺のピックという自治区《セクション》の市民委員会、革命委員会のそれぞれ主要なメンバーのひとりだった。一七九三年六月には、非常に影響力があり、公安委員会と国民公会の保安委員会の両方につらなる、パリの監督委員会にも選出された。疑わしい者についての情報を収集し、かつヨーロッパの王たちと戦っている革命軍のための新兵と食料を徴用する委員会である。

　当然のように、彼は一七九三年九月、公安委員会の発議にもとづき、国民公会によって革命裁判所の陪審員に任命された。これらの背後にはロベスピエールの手が感じられるので、のちに彼がその「親衛隊」だったと言う人もいる。シャトレが一七九五年に裁判にかけられ有罪判決を受けたのは、間接的ではあっても、この清廉の士（ロベスピエールの異名）を最後まで支持し、一七九四年七月二七日（共和暦二年テルミドール九日）の失墜の日も市庁舎でその側にいたためだった。

彼の裁判においては、彼にかんする不利な証言と有利な証言は、ひとつとして符合することがなかった。友人や家族が「純粋な魂」と「底なしの善意」を証言すれば、他方は冷血漢と言う。死刑を宣告したい被告人の名前の前に、絶望的（foutu）の「f」をつけることにしていたり、裁判中に未来の犠牲者をちゃかしてからかったりしたというのだ[*25]。のちにフーシェの秘密警察の長官となるデマレが述べている。革命においては、「人は物事の重大さを感じなくなる[*26]」。

たしかにそうかもしれない。だが、彼のキャリアをあれほど援助し、彼を当世流行の画家にしてくれた女性をどうやって被告人席に追いやることができたのだろう？　一七七七年に、サン＝ノン神父著の『絵画的な旅、ナポリ王国とシチリア王国の描写』の挿絵画家である、ヴィヴァン・ドノン［ルーヴル美術館の創始者］とともにイタリアへ船出した男はどこへ行ってしまったのだろう？　一七八一年、王妃が建築家ミクに依頼した画集に、即位してすぐのルイ一六世が一七七四年にマリー・アントワネットにあたえたプティ・トリアノンの挿絵を描いた男は、どこへ行ってしまったのだろう？　そこでの祝宴や遊びは、彼の絵筆のおかげで、すばらしい演出をともなって、永遠に失われることがない。中国風の東屋（ジュー・ド・バーグ）やライトアップされたベルヴェデーレ亭、王妃が建てさせたさまざまな付属の建物のいろいろな角度からの風景、愛の神殿、そこに隠れるのが好きだった洞窟*27。おとぎの国も妖精もどこかへ行ってしまった。王妃の座を追われ、罪を問われているマリー・アントワネットはもはや何者でもないが、シャトレはまだそこにいる。ひとりの同じ人物があいついで、王妃をたたえ、裁き、断罪する。真のシャトレはどこにいるのだろう?

＊

シャトレはここにいる、ほかの多くの人々とともに。おそらく入廷したときのマリー・アントワネットには、もうすぐ裁判所の尋問に答えて自分に不利となる証言をすることになる人々を見わけるゆとりはなかっただろう。彼らはちょうど四一人、検察官によって注意深く選ばれていた。数分後に、彼らが証人席に上ってひとりひとり名のるときは、もっとよく見ることができるだろう。判別できない大勢のなかには、面識のあった人がひとりならずいたし、親しかった人も数人いた。

何週間も孤独のなかに幽閉されていたが、突然、彼女の全生涯が目の前で展開する。この日、革命は彼女を過去に送り返すことにしていた。明日は、「小さな包みに入った髪の毛」をいくつか示され、夫と子どもたちのものであると認めるだろう。そして次に見せられた三枚の細密画の肖像に、彼女は驚愕したにちがいない。タンプル塔からコンシエルジュリへ移った一七九三年八月二日に徴収されたものだった。それはまるで、目に見えないガラスの仕切り越しに、永遠に飲みこまれてしまった世界を見るようだった。手書きの裁判記録原本を信じるならば、細密画は「ガラスがはまった模造あら皮の小さな箱二個に入った、女性の肖像画だった」。一方にはのちに述べることになる、女官長だったランバル公妃のものが、もう一方には一七六〇年代にウィーンでいっしょに育った幼いころの友で、彼女がとても好きだったシャルロッテとルイーゼ・フォン・ヘッセン＝ダルムシュタットのものが入っていた。

シャルロッテは、メクレンブルク＝シュテルリッツ公と結婚したが、一七八五年一二月、出産で命を落としていた。マリー・アントワネットとは数日違いの同い年だった。ルイーゼは六歳下の妹で、いとこのヘッセン方伯ルートヴィヒと結婚していた。一七八三年六月、姉とともにヴェルサイユのマリー・アントワネットのもとに滞在した後、ルイーゼはドイツの自分のアウエルバッハ庭園に「ほんとうの友情」の記念碑を建てて、一七九二年八月にテュイルリー占領のほんの数日前に書かれた最後の手紙にいたるまで忠実な友だったマリー・アントワネットに捧げている。彼女はその手紙に封をし、信頼できる人の手に託したが――すでにだいぶ前から自由の身ではなかったから――そこに書かれたことには、その後の運命を知る者はいっそう心を動かされる。彼女はここで、間接的に未来の判事たちに向かって、彼らが決して知ることがなく、おそらく経験することもできないであろう、内心を吐露している。「彼らはわたしからすべてをとりあげましたが、わたしの心だけは残って、あなたがたをいつまでも愛しつづけるでしょう。それが、耐えがたいただひとつの不幸です[*28]」

裁判において、彼女は死と闘わなければならなかっただけでなく、感情や思い出の緩慢な死の苦しみにも立ち会わなければならなかった。それは子ども時代の思い出にまでおよんだ。彼女の裁き手たちは何ひとつ容赦することなく、すでに亡くなった人々までいま一度よみがえらせた。

＊

この一〇月一四日午前、法廷の証人席で名のった人々のなかには、最悪と最良が、最後の忠実な支持者と最初の加虐者たち、自分の命を危険にさらす恐怖をのりこえる勇気をもつ人々と、付和雷同することしかできない人々がいた。尋問がはじまる前から、彼女は彼ら全員が影のように通りすぎるのを見たことだろう。

まずは、七〇歳になる老グーヴェルネ侯爵だ、まだルイ一五世が統治していたころの、七年戦争の英雄のひとりであり、ブルゴーニュ州の廷臣隊総司令官、王国軍総司令官代理をつとめた。少し後に、かなり修正の上「モニトゥール」誌で公にされた裁判記録では、グーヴェルネ侯爵が多くを語ったことになっている。しかし、国立公文書館に保存されている、名前の特定ができていない書記のひとりによって走り書きされた公判の記録メモを信じるならば、侯爵は沈黙を守った。「何も言わなかった」という文字が、彼の名前の余白のところに読める*29。喜劇を演じるより、沈黙することをよしとしたのだ。そのいとこ［弟］のラ・トゥール・デュ・パン＝グーヴェルネ伯爵は、ルイ一六世の最後の戦争大臣の一人だったが、もっとまずいことをしてしまった。いまやルールとなっていたように被告人を「カペー未亡人」とよぶかわりに、いたずらな気持ちを起こして昔の称号を用い、敬意とともに「王妃」とよんだのだ。これは裁判所を激昂させた。もはや宮廷の習慣を保つことはできなくなったため、絶望的な敬意の表現だった*30。ふたりのラ・トゥール・デュ・パン＝グーヴェルネの不敵なふるまいの代価は高く、これより数カ月後の一七九四年四月二八日、そろって断頭台に上ることになる。

子どもたちの小間使いの一人、ルネ・セヴァンがいるのもわかった。王一家が囚われの身となった最初の頃、タンプル塔へつきそった小間使いだ。それになんといっても侍医のピエール＝エデュアール・ブリュネルがいた。ブリュネルはラ・トゥール・デュ・パンらに近い年齢［ブリュネルは一七二九生まれ］で、ルイ一五世の統治初期の世代に属するため、彼らにとって革命は、われわれの世代にとって、若い頃見たはじめての火星の写真がそうだったように、奇妙なものだったにちがいない。一七八〇年代初頭からヴェルサイユの宮廷仕えの常連のひとりだった。王室の子どもたちが天然痘にかからないよう、失敗なく全員に人痘接種したのは彼である[*31]。その妻のアントワネット・シャピュイは、王妃が「ムスリーヌ」という愛称でよんだ、一七七八年に生まれた王女（マダム・ロワイヤル）の第一女官だった。マリー・アントワネットは彼が嫌いで、もっと「分をわきまえる」べきだと思っていた、「馴れ馴れしすぎる」し「陰口が多い」と感じたからだ[*32]。しかし医師としての才能は高く評価していたため、タンプル塔の牢獄まで、一七九三年一月に娘のため、四月には息子のためと、数回子どもたちの診察に来てもらっていた。尋問の際、マリー・アントワネットは、自分の側近に対し過去にもつねにそうしていたように、彼が救われるよう全力をつくすだろう。実際、ブリュネルは革命を生き抜き、一八一一年になって没することになる。

次に続く人々は彼女の失墜の証人で、それぞれの局面を痛々しいまでにたどる。ここでは人は嫌な夢、悪夢の側にある。最初はデスタン伯爵、アメリカ独立戦争のときアンティル仏艦隊を指揮した人物だ。頭がよく、勇敢だが、人との意見のぶつかりあいが多く、海軍ではあまり人気がなかったし、宮廷でもほとんどどうしろだてがなかった。自分の過去と怨恨とを胸に、いまそこにいる。彼はフランス元帥の称号を夢見ていたのだが、あたえられることはなかった。この日、彼は失墜した王妃に対しこのことについて非難し、王妃が革命に糾弾されるだけでは足りず、傲慢な自分の自尊心を思いがけなく失望させた罪までつけ足すべきだと考えているようだった*33。だからといって、彼がギロチンをのがれることはない。

革命が請求した全員が、革命自身の逸脱と激化の目がくらむような縮図のように、そのあとに続いて証人席に着く。そのなかの何人かは革命の初期の支持者たちだったが、すでにその犠牲者となっている。彼らをのりこえるために、革命はいまや、彼らの死体から養分をとろうとしているのだ。ヴェルニョの予言はまさに真実となった。「革命はサトゥルヌスのようだ。自分の子どもたちを食いつくすだろう*34」。汚い牢獄で朽ちつつある彼らを引っぱり出してきたのは、元王妃の有罪の理由を見つけ、彼ら自身の落ち度を自白させるためなのだ。マリー・アントワネットは彼らを皆知っていた。彼らは、彼女の見違えるほどの変貌と不幸の生身の表現だった。

パリで最初に市長となった天文学者のバイイは、異様な風体の悲しげな長身を少し見せただけだった。苦い経験をへて、天体の深い研究は政治の運営とかならず連動していないことや、惑星の規則正しい回転運動《レボリューション》と、民衆の人気を集める急激な転換はまったく違うということを学びつつあった。

それでも、一七八九年六月二三日、王が隣席した三部会の後、王の代表者である式部官のドリュー＝ブレゼ侯爵の前で帽子を脱ぎたがらなかったのは彼だった。ひき続いて、すでに国民公会を設立していた全国三部会の第三身分の議員たちが、占領していたヴェルサイユ宮殿のムニュ＝プレジールの間から退去するのをこばんだのは、彼の主導によった。「結集した国民が命令を受けるのは不可能と思われます」。革命を生み出したものをこれほど明確に示すことはできない。主権の驚くべき転換によって、数日のうちに国民が王にとって変わったのだ。ルイ一六世を、バスティーユ攻略の二日後、パリ市庁舎に迎えて、すでに名目上の君主でしかなくなった王の敗退を、歴史のためにでっち上げられたいかにも善良そうな言葉でぼかしたのもこの人だ。「陛下、アンリ四世は国民の心をとりもどしましたが、今度は国民が王の心をとりもどしましたね」。だが、それから革命が暴走した。

王一家がヴァレンヌで拘束されたあと、一七九一年七月一七日、シャン・ド・マルスで国王廃位の請願集会が催されると、バイイは以前おもねっていた同じ国民に銃を向けることになった。王妃の裁判の頃、彼はもうすべてに幻滅しきって、九月八日にムランで逮捕されてフォルス監獄に投獄され、みじめな状態のまま自分自身の裁判を待っていた。

バイイの後に登場するのは、ピエール・マニュエル四二歳だ。彼もバイイ同様かつらをつけていたが、バイイは飢餓状態にあるかのように痩せているのに、彼は丸々と太っている。平たい鼻に厚い唇の垢抜けない顔つきだ。ある意味では、市庁舎を革命の先兵とすることで、マニュエルはバイイの権威を失わせたともいえる。闇で売られる淫らな秘密新聞を流布させて一時バスティーユに投獄されていた男、革命前のにわかジャーナリストだったマニュエルは、パリのコミューンの検察官として、王政を崩壊させた一七九二年六月二〇日と八月一〇日の蜂起を組織したひとりだった。少し前に彼が出した、例の立憲君主への手紙が知られている。そこには思い上がり、無礼、世間知らずが奇妙に混じりあっている。「王様よ、俺は王というものが嫌いだ。世の中に悪いことをどっさりしたからね。（…）だが、憲法ができて、こっちは自由で、あんたは王だ、俺はあんたに従う」。それから王にいろいろ忠告し、王子の教育を庶民にまかせるように勧める。「なぜって、フランスはもうあんたのものじゃなくて、息子がフランスのものなんだ*35」。さらに勢いにのって、平和になるまで王妃をヴァル＝ド＝グラース修道院に幽閉することを提案している*36。

ルイ一六世を議会からつれだし、宮廷の馬車にマリー＝アントワネットとともに乗せて、八月一三日、民衆ののしりを浴びながら、タンプル塔まで走らせたのは彼だったが、国王夫妻は二度とふたたびこの馬車に乗ることはなかった。「ほら、陛下、御覧なされ、革命は王様をこんな風にするんですぜ」と、馬車がヴァンドーム広場の倒されたばかりのルイ一四世の像の前を通りすぎるとき、彼は言ったのではないだろうか。マニュエルは、タンプル塔で何度も王妃に会っていて、王妃の涙をあざ笑った。彼は王妃から最後の友だったランバル公妃や養育係のトゥルゼル夫人、最後の侍女だったティボー夫人、ナヴァール夫人、サン＝ブリス夫人をとりあげて、アベイまたはフォルスの監獄へ送ってしまった。九月三日、ランバル公妃が虐殺されたのは、このフォルス監獄でのことだ。マニュエルが公妃の義父、パンティエーヴル公爵から、公妃を救うための多額の金を受けとっていたにもかかわらず、王妃の侍女のうち何人かは助かったが、彼女は助からなかった。その後のことはよく知られている。裸にされ切りきざまれ、心臓を抜かれ、槍の先に刺された首はタンプル塔の窓の下までもっていかれた。王妃は群衆の怒号を聞いて気を失った。ランバル公妃とは、一七七〇年にフランスへ到着してほとんどすぐから、ずっと親しくしていた。一七九一年、王妃は彼女に、避難先の安全なエクス・ラ・シャペル［ドイツのアーヘン］からパリへ戻らないようにと懇願した。ところが友は帰ってきた。王妃のために。王一家と「そのやっかいな荷物」――とマニュエルはかつての宮廷をふざけてよんだ――は、もはや役に立たないうえに、文字どおり革命の邪魔になる、と彼は言ったものだ*37。

ところが最後の瞬間に、この同じ男が王の処刑に賛成するのをこばみ、国民公会を辞職するところまでいった。彼の仲間たちは彼を許さない。八月二二日、逮捕されてアベイ監獄に送られた。弁護士によると、王妃は彼をおそれていて、法廷で彼にどんなにか悪く言われるのでは、と心配していたという*38。だがそれはまちがいだった。マニュエルは何も知らないふりをすることになる。そのころのマニュエルについて、コミューンの理事会メンバーで小学校教師のジャック・フランソワ・ルピートルは、彼が青い顔で、表情は暗く、後悔にさいなまれているようすだったと言っている。だが、革命を生きのびたほかの多くと同様、ルピートルがこの報告を出版したのは王政復古の時期になってからだ*39。権力の座に復帰したブルボン家に、自分をよく見せたいという思惑が感じられる。

少なからぬ勇気をもって、マニュエルもバイイも、王妃を危険にさらすようなことは何も言わない。彼らにはもう失うものがなかった。しかし裁判所が告白を得たいのは、彼女からよりもむしろ彼らからだった。一カ月後、今度は彼らが、そのあと証人席に立ったジロンド派のヴァラゼ同様、断頭台に上ることになる。ヴァラゼは、自身の裁判の最後の日、細身の剣のひとつきで自死したため、その遺体が革命広場に運ばれた。

立憲派「バイイ」とジロンド派と穏健化した山岳派《モンターニュ》がひとりずつ。革命の三年は、三世紀に近い。死の淵にいるひとりの女性のために証人席に立った、三人の無益な死だった*40。

*

そのあとに、コミューンの委員数人と、タンプル塔とコンシエルジュリの看守や守衛たちが続いた。王妃のよく知っている人たちだ。大部分とは言葉をかわしたこともあった。いく人かは彼女のために身を危険にさらしてくれさえしていた。だが、靴職人のシモンは、そのような人物ではない。シモンは三カ月前から、彼女の息子、革命側にとってはルイ＝シャルル・カペー、王党派にとってはルイ一七世の監視人としてすべてをとりしきっていて、王妃もそれを知っていた。ジャック・ルネ・エベールはさらにそうした人々とは違う。この男は数カ月前に自分が創刊した、自治区民のあいだに広く流通している新聞、「デュシェーヌ親父（ル・ペール・デュシェーヌ）」の記事のなかで、王妃の首を要求していた。パイプをくわえたストーブ商人を気どったエベール自身が表紙になった激しい論調の新聞で、発行部数はかなりのものだった。戦争省が定期的に購入して軍隊に配布していたおかげもあって、一七九三年には八万部に達している。

エベールは証人席に立ったとき三六歳だった。金髪で青い目、穏やかで感じがよく、見た目に激しさはない*41。このアランソンの金銀細工師である裕福なブルジョアの息子は、辛辣で下品な才気を武器に、サン・キュロットの言葉をあやつり、耳を傾けさせるすべを心得ていた*42。

マリー・アントワネットはこの男をよく知っていたので、恥ずべき誹謗を口に出す前から、彼のことががまんならなかったにちがいない。一七九二年九月二一日の共和制宣言の日も、タンプル塔で王妃を意地悪くあざけって楽しんだような人物だ。ルイ一六世の死のあと、一七九三年四月二〇日と二四日、自治区警官による、彼女の独房の夜間捜索の指揮をとったのも彼だった。一〇月には、パリ自治区検察官ショーメットの代理として、革命でもっとも過激な非キリスト教、無神論、ポピュリズムの一派を推進した。彼はまだこの先数カ月、絶大な影響力をもちつづける。

これから見るように、フーキエ＝タンヴィルの側でマリー・アントワネットの裁判の準備にもっとも率先して協力したこの男が、まもなく証言をしようとしている。彼の文章を少し読んでみれば、パリの民衆の一部の、失墜した王妃に対する反感の激しさがわかる。理由はあとで説明しよう。彼によって、とくに一七九一年の終わりころから、マリー・アントワネットはかわるがわる「オーストリアの雌狼」「あばずれ」「雌猿」「王冠をつけた娼婦」などと書かれつづけた。王政崩壊の前からすでに、彼は彼女をもっと侮辱してやろうと、まだそのころは夢のなかでしかありえなかった、テュイルリー訪問を想像して、医者か聖職者に変装して彼女の前に現れるのだった[*43]。

一七九二年八月からは、好きなときに会えるようになる。実際のマリー・アントワネットに接して、それまでの態度を変えた人が多かったが、エベールは意識的に憎悪と幻想に閉じこもりつづけた。彼の想像上の会話は、ますます激烈で下卑たものとなっていった。記事のどれもが、殺人へのよびかけだった。これらを全部引用したらげんなりしてしまうだろう。数行で十分である。そこでは、失墜した王妃は、口がうまかったり、偽善的だったり、粗暴だったり卑怯だったりする人物として描かれている。細かい筆使いで描かれた、空疎で、陰鬱でしかめ面の肖像画、居丈高で破壊的で危険な女性、という男性目線の月並みな表現は、革命がこうあってほしいと望んでいた王妃像だった。この裁判にも影響した女性蔑視については、のちに述べることにしよう。陪審員の大部分にとって、裁かれようとしているのは、そんな女性だった。

「悪魔の女め、とタンプル塔で、『色目』を使ったことをとがめたあとで、彼は彼女に投げつけるように言った。俺たちをだまして、おまえの媚びに乗せようと思ったな。おまえがベッドの上でくたばろうが喉をかっ切られようが、同じこと、おまえがあの世へ行く日は祝日だ、このやろう*44」。コンシエルジュリに移されたとき、その日はすぐ近くまで来た。もちろんエベールは、囚われの王妃の本性を暴こうとまだそこにいる。「彼女が青くなって震えながら牢獄につれてこられたとき、俺はそこにいた。彼女がひとりになったとき、のぞき窓に耳をよせると、わめき声が聞こえた。獲物を奪われた飢えた狼のように、おそろしい叫び声をあげて、あの太った間抜けな亭主と同じようにわたしも首をはねられるのよ、と言っていた*45」。すべてがこの調子だった！「（そのような下品な言葉が国民のものだと思われかねない）それではまるでセーヌ川がパリの下水道の一つであるかのようだ」とカミーユ・デムーランがエベールのやり方に苦言を呈している。マリー・アントワネットは「デュシェーヌ親父」を読んではいなかっただろうが、エベールが彼女に対していだいている憎しみと、それが何年も前からあまりに多くの人々に共有されていることを承知していた。彼女は自分の周囲の反応に非常に敏感だったので、人が痛みをかかえるように、憎しみを肩に背負うようになった。

＊

だがわれわれはまだ証人の供述のところまでいっていない。話をもとに戻そう。マリー・アントワネットが法廷に入ると、裁判長が「被告人が座ることになっている通常の席」への着席をうながす。被告人が「自由で拘束されていない」ことを宣言し、人定質問をする。もちろん彼女がだれであるか、みんな知っている。彼女が自由の身でないことは、みんな知っている！　尋常ならぬ裁判は、どんな時代にあっても、通常の裁判にならって、なにがしかのきちんとした形式を決してすてようとしなかった。そのことで、醜悪さや横暴さを薄められると思っているかのようだ。もし良かれと考えるだけで足りるなら、地獄も善意の人々であふれているだろうに。陪審員はひとりひとり宣誓させられる。カペー未亡人マリー・アントワネットに不利に述べられる証言を、最大の注意をもって吟味すること、憎しみも悪意も、危惧も情愛も排除して聴くこと、「自由な人間にふさわしい公平さとゆるぎなさで」、良心と信念にしたがって判断すること。同様に、証人たちも真実しか述べないこと、なにより「憎しみやおそれなしで」語ること、を誓う[46]。言葉とそれが意図していることとをへだてるねじれをほぼ忘れているらしい。かつて、革命のもっとも深い淵においてほど、こうしたねじれが大きかったことはなかった。人々は自由に言及しつつ、その名で人を殺し、憎しみやおそれや感情を追いはらうと言いつつ、それらにとりつかれていた。

マリー・アントワネットの席は、法廷の中央、裁判官席の正面にあったが、われわれは、彼女の弁護人のひとりショボー＝ラガルトがだいぶ後になって公にした覚書によって、彼女が証人尋問のときしかそこにいなかったことがわかっている。その他の時間、弁論が行なわれているあいだは、法廷の右手にある、被告人のための、とくにグループ裁判にそなえて特別用意されている一段高くなった席に移され、憲兵が両側についた。

法廷は人であふれている。大衆が、ロビーの側に彼らのために設けられた囲いの向こうに殺到している。大イベントの開催日に集まる群衆だ。このなかにはおそらく被告人をひそかに支持する匿名の人々も数人いただろう。だが、それはほんの少数で、かつ目立たないように注意している。ここに赤い館《メゾン・ルージュ》の騎士を登場させる気になれるのは、五〇年後のアレクサンドル・デュマくらいだろう。『赤い館の騎士』という題のデュマの小説のなかでは、失墜した王妃を最後に救おうとした伝説的な冒険家、本名シュヴァリエ・ド・ルージュヴィル［実在の人物だが、実際には法廷に来ていない］の顔の青さと、ありありと見える不安が、風変わりで惜しみない情熱のすべてを語ってしまう。裁判所は密偵や警察をもっている。四、五人の警官に補佐されながら、一七九二年九月のランバル公妃殺害に加担した監獄監察官ピエール・デュカテルが、ひょっとして陰謀をくわだてているものがいないか探っている[*47]。

傍聴人はおもに自治区《セクション》の住民、活動家、サン・キュロット、当時パリにあった、数えきれないほどの民衆の団体や監視委員会のメンバーである。女たちもいた。共和暦二年［西暦一七九三年九月二二日からの一年］の有名な、編み物持参で処刑見物に集まったため編み物女《トリコトゥーズ》とよばれた庶民の女たちで、洗濯屋、商人、わらつめ替え職人、仕立屋、修繕屋、それに紡績工場の女工もいた。革命が進むにつれて、彼女たちは国民の…そして応報の監視人として頭角を現した。彼女たちはどこにでもいた。立憲議会の法廷、自治区の総会、クラブ、自分たちが使うためにクラブを作ったほどだ[*48]。だが、のちに見るが、革命は王妃に敵対したのと同様に、彼女たちにも敵対することになる。

空気はピリピリしていた。人々は押しあい、被告人がよく見えない、と不満を言う者たちが、公判がはじまってからも、もっとよく見えるように立ったままでいてほしいと何度も頼むということさえ起きる＊49。ジャコバン・クラブはこの時期ロベスピエールの庇護のもと、権力の絶頂にあって、メンバーを何人も法廷へ派遣した。そのなかのルイ・デュフルニ・ド・ヴィリエという火薬と硝石の管理係の男は、傍聴の報告を毎日ロベスピエールにする任を負っていた。

＊

一〇月一四日の朝、自由の法廷に入ったマリー・アントワネットがだれを認めたかは正確にわかっていない。しかしそこで彼女を待っていた人々が見たもののことは、少しはわかっている。彼女は三八歳、何日かあとの一一月二日には三九回目の誕生日を迎えようとしていたが、もう自身の影でしかなかった。黒い喪服の上を三角形のモスリンの肩かけ《フィシュ》でおおって、前で結んでいる。かなりシンプルな大きくて白い薄地麻布《バチスト》の寡婦の縁なし帽《ボネ》をかぶり、髪はその下でゆったりと束ねてリボンで止めている。無帽で描いている絵もあるが、実際にそれはほとんどありえない。女性は、ましてや王妃とあれば、たとえ失墜したとはいえ、帽子なしでは人前に出ないものだ。ここでは、もはやかつての奇抜な帽子でなく質素なボネをかぶり、着ているものも、ヴェルサイユに何百ともっていたドレスではなかったけれど。

彼女が着ているのは、夫の死後、タンプル塔にいたとき作らせた服だ。それが残っている最後の服のうちの一枚だった。ひどい状態になっていたので継《つ》ぎをあてなければならなかった。一七八九年一〇月に王一家が宮殿を離れてのち、一七八二年の王妃のドレスのサンプル台帳が見つかったが、それは装飾品のリストとともに規定どおり記録されていた。台帳は今日、国立公文書館に保存されていて、かつて存在したもの、すでにもう存在しないものが、逆にわかる。絹物の見本は項目ごとに分類されている。「宮廷服《グラン・アビ》、大パニエ用ドレス、小パニエ用ドレス、トルコ風ドレス、長衣《レヴィット》、イギリス風ドレス、乗馬服《ルダンゴット》」というように。これらはすべて失われた。

いま、王妃はあるがままの姿でいる。かつては気に入られたい、という巨大な欲望のなかに隠れ、それからそのなかで身を滅ぼした。以後、彼女がいるのは流行の巧みなよそおいのなかではなく、自分自身のなかだ。装飾品も宝石もつけていない。コンシエルジュリでは、ウィーンの子ども時代からの時計とともに、まだそのときはめていた最後のダイヤモンドの指輪二個と金の結婚指輪も没収された。また、パリのコミューンの警官たちが、「お守りの指輪」とよんだ指輪ももっていってしまった。毒がしこんであるのではないかと疑われたのだ。この指輪については、手放すのがいちばん辛そうだった、と警官たちは言っている。この謎めいた指輪についてはまた後で語ることにしよう[*50]。王妃の女中として牢を訪ねていた一四歳の若いロザリー・ラモーリエールだけが知っていたのだが、王妃は黒いひものついた楕円形のメダイヨン［写真などを入れて身につける小型容器］を衣服に隠して身につけていた。「ものすごく高そうな」と、このようなものを一度も見たことがなかったにちがいないロザリーは言っている。なかには、おそらく王妃をまだ生かしているすべてを象徴するもの、息子の小さな肖像画と髪の毛が入っていた。

靴だけが、かつてのエレガンスの名残をとどめていた。それは「スモモの濃紫色をしたきれいなパンプス」で「サン＝ユベルティー風［マダム・サン＝ユベルティーは当時人気の歌手］」のかかとの高い靴だと、ロザリーが言っている[*51]。たった一足の「替え」だった。それを履いたのは、背丈を伸ばし、姿勢を正して立ちたかったからだろう。

とにかく皆が一致して語るのは、数年前から、かつてそうだった彼女、華やかだったころの彼女ではもはやなかった、ということだ。すでに一七八九年六月、まだ何もかもが崩壊する前だったが、プティ・トリアノンの内輪の集まりに迎えられた親友のひとり、イギリス人デヴォンシャー公爵夫人は、王妃が「悲しいほど変わってしまった[*52]」と述べている。革命がはじまったばかりのその頃、王妃は喪に服していた。六月四日、ムードン城で七歳半になる長男が、結核でゆっくりと息をつまらせて亡くなっていたのだ。そのときから、少しのちに兄のレーオポルトに書くように、涙をこらえつづけることになる。

革命のショック、一〇月六日にヴェルサイユ宮殿の寝室へ、あきらかに彼女を殺す意図で民衆が侵入したこと、同じ日に、強いられて、土ぼこりと罵声を浴びながら、陰鬱な、血なまぐさい、混乱した行列を作ってパリへ向かった際の苦しみ、ついには槍先に掲げられた護衛兵の首を見せられたことで、彼女は抜け出すことのできない世界につき落とされてしまった。親しかった仲間のほとんどは、彼女のそばから去っていた。子どもたちの養育係だったポリニャック公爵夫人は、「いちばん好きなお友だち」、「大事な人」だったが、マリー・アントワネットよりさらに憎まれていたので、七月一六日にヴェルサイユを逃げ出した。義弟アルトワ伯も、いっしょに楽しい日々をすごしたほかの大勢と同様逃げていった。「わたしの魂は痛みと悲しみと不安に押しつぶされています。毎日知らされるのは、新しい不幸な出来事ばかりです[*53]」。毎日、それをひとりで耐えなければならない運命にあることを、彼女は自覚していた。「こころを通じあえる目にも心にも、出会うことがありません」

　革命は彼女をさいなみ、宿命ともいうべきもののなかに閉じこめた。彼女はそれを納得してはいなかったが、悲痛なまでに自覚していた。思えば、自分が生まれたのは、一八世紀最大の災害が起こった一七五五年一一月一日、地震がリスボンの街を飲みこんだあの日とほとんど同じではなかったか？　のちになって、人々も彼女に代わってそのことを思い出すだろう。諸聖人の日の翌日の、一一月二日死者の日に生まれたのだということも。そこに黙示録的ヴィジョンをいだくものもいて、たとえば幻想文学の作家レオン・ブロワは、一八九六年、「世紀末」の錯乱のなかで、「死者の群」が彼女のゆりかごをのぞきこんでいるのを文字どおり見て、そこには「歴史のすべての憂愁が眠っていた」と言っている。『怒りの日《ディエス・イレ》』［レオン・ブロアの『死の騎士』は、マリー・アントワネットの誕生、『怒りの日』と題された章からはじまっている」！　マリー・アントワネットは死の「金髪の騎士」、七つの苦しみの皇女となる。「彼女は涙の日に生まれ、人生の大半を、涙をこらえて生きた*54」

　この種の偶然の一致のせいでマリー・アントワネットは、かならずしも神秘主義小説でなくても、歴史上の人物というよりむしろ小説の主人公となった。「わたしの運命は不幸をまねくことです」とすでに一七八八年八月に書いている。そして「わたしはあなた方全員に不幸をもたらしています*55」とも。もっと後の一七九二年三月には、信頼できる最後の友のひとり、イギリス人のクウェンティン・クロフォードへの手紙に書いている。「幻想はもっていません。わたしにはもう幸福はないのです[*56]」

以後、彼女はゆっくりと暗い夜のほうへ流されていく。侍女のひとりだったカンパン夫人の回想録によると、一七九一年六月、王とともに北東部の国境の町モンメディをめざして逃亡途中、ヴァレンヌで捕らえられ、つれもどされたときのマリー・アントワネットは、それまで金色の輝きをもった栗色だった髪が、一気に白くなっていたという。ヴァレンヌの宿駅は、失墜へのもっとも過酷な宿駅となった。国民と王家とのあいだに残っていたかもしれない信頼と幻想が、そこで完全に砕けてしまったのだ。それからは、王妃にとって、テュイルリーはもはや宮殿ではない。牢獄、そして「地獄」となった。「わたしたちは罪人のように幽閉されています[*57]」。「命とりとなったヴァレンヌ事件のあと、最初にお目にかかったとき」とカンパン夫人は書く、「王妃はベッドから出られたところで、お顔のようすは特別変わったようには見えませんでしたが、わたしに二言三言やさしい言葉をかけてくださった後、縁なし帽を脱いで、御髪が苦しみのせいでどうなったか見るように、おっしゃいました。一晩で、七〇歳のおばあさんのように白くなっていました[*58]」

数日後、王妃はカンパン夫人に、まだそのころはアーヘンに避難していたランバル公妃に贈るつもりの指輪を見せた。指輪には髪が入れてあり、「不幸によって白くなりました」という文字がきざまれていた。一年後、この指輪はフォルス監獄で虐殺され切りきざまれた友の遺体の指にあった。その指輪を、公后の虐殺者たちは、フォーブール＝サン＝タントワーヌ通りのセクション一五・二〇《ケーンズ・ヴァン》にもっていく。一七九二年九月三日、とセクションの警官の署名がある公妃が身に着けていたもののリストのなかに、勝利の記念品のようにに記載されている。「金の指輪、回転できる青い石の枠のなかに恋結び［8が横になった形］にした金髪が銘とともに入っている」。その指輪がそのあとどうなったかは、わかっていない*59。

最近、科学者が「マリー・アントワネット症候群」あるは「突然の白髪」に関心を示しているとか、この現象を信じない人もいるとかいったことは、おいておこう。これより早い時期である一七八九年七月にも、もっと後の、死の前日にも、王妃の髪がいっぺんに白くなったという報告があって、証言は一致している。とにかく革命の激しい恐怖、囚われの身ですごした何カ月もが、王妃をすっかり変えた。パリのコミューンの警察隊員だったシャルル・ゴレという人物が、ルイ一六世の死後、タンプル塔で見た王妃の姿に驚いている。一七九二年八月に王一家がそこに入って以来会っていなかったのだ。「極端にお痩せになったため、王妃とはわからないほどだった*60」

だがこの話にも尾ひれがつく。たとえば、王党派のジャーナリスト、マレ・デュ・パンは、ここではジャケ・ド・ラ・ドゥエという一七九二年六月末、オーストリアに逮捕された、もしかするとスパイではないかと疑われる男の供述を援用した。尋問されたドゥエは、テュイルリー占領前の最後の時期に、公に姿をあらわした王妃を見かけたと主張した。彼によると、王妃は厚化粧で、胸はたるみ、顔は腫れて吹き出物だらけ、力のない虚ろな目で、頬はたれさがり、色の悪い唇は唾液で濡れていた、という*61。すでにずいぶんな誇張である。だが、のちに味方側、敵側がそれぞれ王妃の裁判を新たに再構成しようとするときには、もっとひどいことになる。味方にとっては、彼女がしのんだ犠牲の傷痕をはっきりと見せつけることが問題となるし、敵側も、根本的に異なる理由によって、王妃をもっとよく扱うことはないだろう。うわべをよそおうことも粉黛もなく、早々と老いた、ほとんど醜い姿に描くことで、彼らはなんとしても、彼女の魂が邪悪であることを世に知らしめたいのだ。オスカー・ワイルドの有名な小説『ドリアン・グレイの肖像』の、美しいドリアン・グレイの内心の真実が現れたとき、彼の肖像画が醜悪に変化した、という物語をわれわれは知っている。革命家たちの目にはマリー・アントワネットの身体的なおとろえは、容赦なく暴かれた彼女の本来の悪癖の現れだった。もう一度いうが、この裁判は、第一に妄想の裁判だった。実際、まさに演劇だった。

＊

　だが、一〇月一四日のこの朝の王妃は、正確にはどんな風だったのだろう。この出来事に居あわせた人々のその点についての証言はなく、例外として最後の小間使いロザリー・ラモーリエールが王妃の外見についてわずかな情報を残しているので、そこからいくつかのイメージを得るしかない。そのほかには、あまり歪められていないもののなかで、次の一点がとくに重要である。それは王妃付きだったポーランド人画家アレクサンドル・クシャルスキが、おそらくは一部記憶に頼って描いた、タンプル塔における王妃最後のポートレートだ。マリー・アントワネット自身、ある尋問の途中で、タンプル塔にいるとき描かせたことを認めている。この有名になった肖像画には、多少程度の差はあるが、まずまず忠実な複製が多数存在する。そのうちの一枚はタラント公妃がクシャルスキに依頼したものだ。公妃はアベイ監獄での九月虐殺をのがれ、イギリスに亡命を果たしていた。その他、より遅い時期のものが数枚、今日、パリのカルナヴァレ美術館に保管されている。オリジナルは王妃に近かった人々のひとり、ラ・マルク伯［アーレンベルク］の子孫のもとにいまもある。伯爵は画家の知人で、革命の少し後にこの絵を手に入れた。背面にラ・マルク伯自身が手書きで真正の認証をしているこの絵を、わたしは幸い機会を得て見たことがある[62]。

モデルは喪服姿である。したがって、作品が描かれたのは一七九三年一月二一日以降であり、さらに、同じ年の四月一日、パリのコミューンの理事会が、「タンプル塔の見張りの何人たりとも、なんであれそこで描くことはできない」と決定したことがわかっているので、肖像画は一七九三年の二月か三月で、裁判よりすくなくとも半年早い時期ということになる。裁判のときの顔の表情は、不幸の痕跡がより深くなっていたにちがいないが、この絵にはなにかしら手がかりにできるものがある。あきらかに、彼女は実年齢よりずっと老けて見えるが、オーストリアの血統だという人もいる細長い楕円形の顔が、以前の肖像画のままなので、彼女とわかる。同様に、非常に薄い青灰色の、非常に感じ易そうな少し離れ気味の目も変わっていない。しかし鼻の線が硬くとがって強調され、まぶたは、おそらく泣きすぎたせいだろう、重そうに腫れている。薄い唇は固く閉じ、顔色はくすんで艶がない。ロザリー・ラモーリエールによると「かなり薄くなって気づかれないほどの天然痘の跡」もあった[63]。

エリザベート・ヴィジェ＝ルブランが言った「肌の輝き」にはほど遠い。この女性画家は、一七七八年にはじめて王妃を描いたとき、非常に驚いたという。「あれほど輝くような肌を、それまで見たことがありませんでした」と「回想録」のなかで追想する。「まさに輝いていました。王妃様の肌は透明で、翳りというものがないのです」*64。いまは、王妃の顔を翳りが占領していた。それは牢獄の闇であり、彼女をさいなんでいた不幸の影であり、また数少ない証人が言及しているように、ひんぱんに起こっていた出血のせいでもあった。今日では、おそらく癌性の繊維腫の症状だったのだろう、とされている*65。タンプル塔の牢獄からコンシエルジュリへつれていかれたときの馬車が血まみれだった*66、とさえ王妃の死後すぐにはいわれたりもした。この物語には、血がまるで長い一筋の暗喩のように流れている、純潔な血、汚れた血、罪深い血、堕落の血、浄化の血、殺害された民衆の血、復讐の血、犠牲の血…。

クシャルスキが描いたマリー・アントワネットは、かつてのほほえみの跡形もない放心したような哀愁のようなもののほかは、自分自身についてわれわれに何も語りかけてこない。それは、互いに若いころヴェルサイユで彼女に会ったことのある人々が、のちになって思い出すことになる顔ではなかった。王妃と非常に親しかったリーニュ大公は、自身の死のときまで、大切な形見のように、彼女の肖像画をポケットにいれてもち歩いていた*67。また王政復古下になるとルイ・ド・ボナルド［一七五四―一八四〇。反革命の政治思想家］は、彼が若い近衛騎兵として王の命令をとどける任にあったとき、ヴェルサイユ宮殿のアパルトマンで、王妃が彼に向けたやさしい善意あふれるほほえみについて、息子アンリに語って聞かせたものだ。それは一七七四年、マリー・アントワネットが王太子妃から王妃となった年のことだった*68。

そのほほえみは老人たちのこころに明かりをともした。フランソワ・ルネ・シャトーブリアンは『墓の彼方の回想』のなかで、彼女のほほえみに魅入られるようになったときのことを思い出している。その光景が起こったのは、一七八九年六月、ヴェルサイユ宮殿の牛眼の間で、ちょうどミサがはじまるときだった。その場に居あわせたシャトーブリアンは、まだ二〇歳だった。「王妃が二人のお子様といっしょに通られた。お子様たちの金色の髪は、王冠をかぶせられるのを待っているように輝いていた。(…) 幼い王太子は姉内親王に守られて歩いていたが、わたしに気づいてニッコリして王妃に示された。王妃はほほえみとともにこちらに目を向けて、はじめてお目にかかったときと同じやさしい会釈をしてくださった。その後あれほどすぐに消えてしまうことになったあの眼差しを、わたしはこれからも決して忘れないだろう」

王政復古の一八一四年五月、彼はフランス貴族院議員として、マドレーヌ墓地に埋められていた王妃の遺骨を確認することになる。この高貴な子爵はそのとき、「口元の輪郭をはっきりと描く」彼女のほほえみを認めたように思った、という*69。いつものように、シャヤトーブリアンは何事にもたじろぐことがない。それはさておき、そのほほえみは、ある世代全部にとって、幸福の約束だった。幸福へのいざないだった。この生きる喜びのはかない照り返しとして、タレーランが王制の最後の数年についてみごとに語っているが、それはまた彼らの青春の最後の日々でもあった。彼らが革命を非難するのは、それだからだ。マリー・アントワネットの命を奪うことによって、革命は若さと美も殺したのだ。

＊

マリー・アントワネットが王妃であった最初の時期の人で、その回想記の数ページを彼女のためにさかなかった人がだれかいただろうか？　数えきれないほどのページが捧げられた。皆口をそろえて、完璧な美人ではなかった、欠点があった、という。しかしだれもが、蛾がランプの光に魅せられて、羽を焦がしながらそのまわりを飛ぶように、同じ言葉のまわりをめぐる。いうにいわれぬ魅力、エレガンス、気品。かつて地方長官だったガブリエル・セナック・ド・メイヤンは、当時ほかの大勢と同様亡命先にあって、そのことを回想録のなかでみごとに語っている。「マリー・アントワネット・ドートリッシュは美しいというより輝いていた。顔立ちは個別に見ればとくにどうということはないのだが、全体として見るとすばらしく魅力があった。魅力《シャルム》、という言葉がやたらに使われているようだが、この全体の優美さを言い表すのに、これ以上適切な言葉はない。あれほど魅力的な頭部のかしげ方を心得た女性がほかにいようか、彼女の首は動くたびにこの上ない優美さと威厳を生み出すような具合についている」。王妃を思い出しながら、彼はウェルギリウスの詩を引用せずにはいられない。「Et vera incessu patuit dea」（エト・ウェーラ・インケッスー・パトゥイト・デア――歩みによって本物の女神であることがわかった*70）

さらに画家のヴィジェ＝ルブラン夫人も言う、「王妃はフランスの女性のうちでもっとも美しく歩く方でした*71」。そして、セナックの回想録とほぼ同じ頃の一七九〇年代初頭『フランス革命についての省察』を書いたイギリス人エドマンド・バークもくりかえす。「わたしが、その頃はまだ王太子妃だったフランスの王妃（マリー・アントワネット）にヴェルサイユで会ったのは、もう一六、七年前のことだ。彼女がまだやっとふれたばかりに見えるこの土地に、いまだかつてこれほど甘美な光景はなかっただろう*72」

時間と激動の嵐を遠く離れて、マリー・アントワネットは妖精の足どりで歩く。彼女は一種の出現《アパリシオン》だった。リーニュ大公やその他多くのひとびとにとって、彼女は「チャーミングな王妃」であり、ありつづけるだろう。「彼女の周囲にあって、優美や善や上品さが刻印されていないものが一つでもあっただろうか？」

大勢が、自分ではそれと認めていなくても、マリー・アントワネットにこころを奪われていた。「多くの人が彼女に熱のこもった愛着を感じていた」と、裁判のすぐ後、アレクサンドル・ド・ラメットは記した[*73]。彼女を慕う男を数えるのには、両手の指一〇本では足りない。彼らは内気で、つねに敬意をもち、たいていの場合そのことを口に出さないので、リーニュが言うように、彼女は「かつてのかわいい軽率」さゆえに、彼らに気づくことがなかった。とはいえ、何人かには気づいた。美貌のスウェーデン人アクセル・フォン・フェルセンについてはのちほど述べよう。だが、そのほかにいったい何人が彼女の魅力の虜となっていたことだろう？　ブザンヴァル男爵などの無分別で厚かましい少数の連中が告白したが、それがたとえ感情のほんの芽生えであっても、厳しくたしなめられることになった[*74]。ほかにも三人兄弟の長兄で、王の第一侍臣だったコワニー公爵には、彼女のほうも好意をもっていた。それから美貌のエドゥアール・ディヨン。それから一連の拒絶された男たちがいる、ノアイユ子爵ルイ、ギーヌ公爵、腹いせに回想録のなかで王妃を危険にさらしたロザン公爵、それから革命の少し前には義弟のプロヴァンス伯爵、彼女は彼を信用していなかったし、気どりすぎだと思っていた。「ネクタイ［その頃は首に巻くスカーフのようなもの］にこだわりすぎている」とからかうように彼のことを言っていた。われわれは、腹心の友ガストン・ド・レヴィへの手紙で、彼が「ヴィーナスのように美しく」「天使のような姿の」義理の姉に、本人に告げることもなく狂おしく恋していたことを、知っている[*75]。彼はそのことで、のちにある種の嫉妬の混じった恨みをいだくようになる。だが、恋する男たちのほとんどは、リーニュのようにふるまい、熱情を真摯な友情に変化させることができた。「わたしは、相互的になることは決してないことがわかっている情熱を、(…)そして、無視されないかとのおそれから、決して告白できないような情熱を信頼しないので(…)この気持ちは(…)非常に熱烈な友情にとって代わった[*76]」

＊

マリー・アントワネットが被告人席に着いて人定質問に答えるとき、こうした魅力は消えてしまったかのように、ほとんどただよっていない。それでも彼女からはいまだに、かつての日々のなにかが放射されている。背が高く、毅然として、あれほど羨ましがられていたのと同じ仕方で首をかしげる。彼女はいまも王妃であり、絶望的な誇りのようなものに包まれている。判事の前の彼女を想像して、総裁政府の時期や王政復古の時期になってから、多くの画家がそのように描いた。わたしは彼らがまちがっているとはまったく思わない。この生まれつきの威厳は、不幸によっても失われず、牢獄でも多くの人々が気づいたことだった。それは、すぐ近くで見た人々のひとりに、「ある女性にごくあたりまえに椅子を勧めるとしたら、この人にはほとんどいつも玉座を勧めたいと思うだろう」と言わしめることになる。「彼女は自分でそうと思わなくても、王妃だった」、これもリーニュ大公のことばである。

これは「体つきの高貴さ」や「身のこなしの気品」からだけ来ているのではない。誇りというものもまた彼女に凛とした姿勢をとらせているだろう。何があっても、自分が敗北することで敵を喜ばせたくないと思っている。彼女はいつも頑固だった。ヴェルサイユに来たばかりの若い王太子妃の頃、ルイ一五世の寵姫デュ・バリーをひどく嫌っていたので、とるにたりない言葉をかけるまで一年以上かかった。だからそれはいまはじまったことではなかった。

彼女は自分の生まれを意識していたし、自分の権利を承知していた。一七八二年一〇月のある日、義妹にあたるプロヴァンス伯爵夫人と諍いがあったときも、身を守る手段として、夫人のサヴォイア家に対する自分のハプスブルク家の優位と歴史の古さを武器とした*77。明らかな事実をもちだしただけ、とも見えるが、性格が出ている。幸福な日々にも、逆境にあるときと同様、シャトーブリアンがブルボン家について言ったような、「生まれの優越」を彼女は決して忘れなかった。一七九二年七月にも、友人ルイーゼ・フォン・ヘッセンへの手紙に書いている「ドイツ人に生まれたことをこれまでになく誇りに思います[*78]」。この生まれについての誇りは、フランスでの地位の誇りと同様、逆境において大きな助けとなった。しかし、このことがもっとずっと深刻な形で、自分に不利益に働いたことを彼女は理解できていただろうか？　彼女を嫌う人々は、彼女の自尊心を許さない。公判中の彼女の態度を、「しらばくれた、傲慢な態度で押しとおした」と非難の形で『パリの革命』の編纂者がコメントしている[*79]。

傍聴者のあいだでは、ある庶民階級の女性が発した言葉が記録されているだけだ。「ごらん、あの女はなんて高慢なんだろう！[*80]」その言葉はしばしばサン・キュロットの口からも発せられた。タンプル塔の門番のひとりで、マラーの気に入りだったロシェはすでに以前から、「マリー・アントワネットは偉そうにしていたが、俺がむりやり人間らしくしてやったよ」と法螺《ほら》を吹いていた。ここでは、生まれつきの王妃の気品うんぬんは遠い話で、だいぶ前から多くの人々が、彼女をそんなふうに見ていた。「意味も根拠もなく」お高くとまっている、と。

革命のただなかにあって、マリー・アントワネットはかつての助言者、元オーストリア外交官メルシー＝アルジャントーへの手紙のなかでこう述べている。「確固とした性格をもって生まれ、血管を流れる血を感じているわたしのような人間が、このような時代にこのような人々とともにすごすことが運命づけられているなどということがありえましょうか？」「けれど、だからといって、わたしが勇気に見放されたと思わないでくださいね」と、文通の相手をより納得させようとするように、すぐにつけくわえている＊81。また別の手紙では、「わたしは自分にふさわしくないものは断固として受け入れません。不幸にあって、自分がなんであるかをよりいっそう意識しています＊82」

ある人々が傲慢ととったものはきっと、革命中は胡散臭いとまではいえなくても耳にすることがなかった、騎士道的名誉という、生来の感覚から来ていた。そしてそれにおとらず、彼女がじっくりと自分を作り上げたことによる。敵の前で、彼女は鎧を着けた。自分が傷つきやすいと知っていて、不死身になろうとした。彼女にはそのための精神力があった。「逆境がわたしの力も勇気も弱らせることはないので、安心してください」と、親友のヨランド・ド・ポリニャックへの手紙に書いている＊83。たんなる強がりや、心配している友人たちを安心させるためだけに言っているのではない。彼女は、今起こっていることの激しさや、自分をとりまくものごとについて、鋭くて悲痛なまでの認識をいつももっていた。たとえ少し調子はずれの解釈をしていたとしても、この面で、彼女はまちがいなく周囲の人々、そして王本人よりずっと明晰だった。

＊

革命の当初からの彼女の勇気を疑う人はいない。一七八九年一〇月五日、ヴェルサイユ行進事件の際、廷臣たちが、子どもたちをつれてランブイエへのがれることを勧めたが、彼女は王のそばを離れるのをこばんだ。その後のことは知られている。王妃の部屋が翌日の早朝襲われ、衛兵たちが殺された。民衆が、ベッドのなかまで探した後、獲物をほしがるように王妃を要求したとき、彼女は力をふりしぼって彼らに立ち向かうため、大理石の中庭に面したバルコニーに姿を現した。また、一七九二年四月、王一家がテュイルリーで囚われの身だったとき、彼女だけをブリュッセルへつれていこうという申し出があったが、またしても王を後に残すことをこばむ[＊84]。六月二〇日、民衆がテュイルリー宮殿内に乱入したときも、王妃は王のいる部屋へどうしても行こうとした。そこでは王が大勢のパリのサン・キュロットに窓際までつめよられて、革命の象徴であった赤いフリジア帽――少し後、彼女はこれをかぶるのを拒否している――をかぶらされていた。「フランス人よ、友よ、国王の擲弾兵よ、陛下を守ってください」

彼女は王を見すてることを望まなかっただけでなく、抵抗し行動に出るよう王の背中を押した。救いは戦いのなかにしかない、と思っていた。前年に、逃亡中のヴァレンヌで絶体絶命となったときも、彼女だけは、馬にまたがって、敵の群を力ずくで突破しようと考えた[*85]。八月一〇日、テュイルリーがついに占領される直前、彼女はなんとしても、夫が議会に避難するのをやめさせようとした。議会が王家に反感をもっているのを知っていたからだ。その場にとどまって群衆に立ち向かうことを望んだ。「ここには兵力がありますわ！[*86]」

彼女にふれたものはすべてというように、彼女の無謀さが結集させるべきものを分裂させ、敵方を激怒させるのと同じくらい、味方をピリピリさせた。一七九〇年六月にミラボーがこのことでもらした言葉をだれもが知っている。「王には頼む男がひとりしかいない。その男とは彼の妻だ[*87]」。人は、かなり早くに彼女のエネルギーと一徹さを見抜いた。彼女はやっかいだった。そこで犠牲にしようと決めた。この四年のあいだ、彼女は敵の脅威につねにさらされてすごしていたのだった。一七八九年一〇月のヴェルサイユでも、そして一七九二年六月二〇日の最初のテュイルリー侵入の際も、人々は露骨に彼女を殺害しようとした。「オーストリア女はどこだ？　あの女の首を！」槍を前に、彼女は動じず、顔色さえ変えなかった。目撃者は、この勇気をなにか「超自然的」なものと感じた*88。この点から見ると、彼女の伝説はもっと早い時期、悲劇的な最期よりずっと前にはじまっていた。

ずいぶん前から、彼女の首には賞金が懸けられていた。一七九一年六月のヴァレンヌでの逮捕の後、パリでは彼女の人形《ひとがた》が燃やされた。民衆が城の庭園から部屋の窓の下まで来てののしるので、王妃はもう子どもたちをつれて外へ出ることができなくなった。一七九二年八月一〇日の前日、人々は彼女を鉄の檻に入れて民衆にさらすことを望むだろう*89。修道院へ入れて沈黙させる、パリの道路掃除をさせる、貧窮者のいるサルペトリエール病院に隔離する、犬にあたえる、死刑に処す…彼女の処遇についてさまざまな提案がされた*90。「フランスの民衆はじきに、憎むことにあきるだろう」。国民議会の時期、彼女の助言者たちはまだそう思っていたが、それどころか憎悪は倍増することになる*91。

どんな時代のどんな女性も、これほどの憎悪に追いまわされたことはなかった。人は彼女の言うことなすこと、彼女のふれるものすべてを憎んだ。ヴェルサイユのころは、彼女の馬の前を走るグレーハウンドまで憎まれていた、と回想録作家のシャストネー夫人が語っている。スウェーデン王国の大使、スタール男爵も「あきらかに、このプリンセスの不幸が終わることはないだろう」とあきらめ口調で記している。

彼女はだまされやすいお人好しではないし、かつて一度もそうだったことはない。一七七三年六月、若い王太子妃としてはじめてパリの民衆の前に姿を現したとき、彼らから熱烈な歓迎を受けて、「国民こぞっての大安売りの好意」に驚いたものだ[*92]。それでも、その好意に値するようになろうと、真摯に努力した。民衆の移ろいやすい過激さを経験してから、ずいぶんになる。物理的な脅迫を受けたとき動じないすべは心得ていたが、言葉の暴力には無力だった。もっともおそろしいのはこれである。「いまどき毒物ははやっていません」と、彼女が毒を盛られるのをおそれていたヨランド・ド・ポリニャックへの手紙に書いている。「使われるのは、言葉による中傷です。あなたの不幸な友を殺すのに、もっと確かな手段だわ。単純で罪のないことをひっくり返して酷い話にする。そうやってたえず善良な人々の目をくらまし、大衆を毒し、わたしたちをパリ中の人の喉をかき切ろうとしている残酷な人間として描いているの（…）わたしたちは、自分たちの血でフランスの幸福を贖おうとしているというのに[*93]」。いまのところ、人々がかき切りたいのは彼女の喉だ。「殺人者の群はふくらむ一方です[*94]」。テュイルリー陥落の少し前、彼女は確実にそうなるだろうという強迫観念にとりつかれていた。

一七九二年八月からは、牢にあって、マリー・アントワネットの勇気は無言のあきらめの様相を呈する。看守に対しては何も譲歩しなかったが、隠れて泣いた。革命の囚われ人だったのみならず、自身の誇りの囚われ人でもあった。タンプル塔では、彼女に対しあらゆる権利をもった熱狂的なサン・キュロットの何人かと対面しなければならなかったが、もっとも敵意をもつ相手を無視するふりをした。何も見ない、何も聞かない。タンプル塔滞在にかんする記述は数少ないが、だいぶあとの王政復古時代になって情勢が変わったとき、とくに看守たちによる、じつは王妃に同情していたのだ、と自分によい役をふり、死んでしまったためもう釈明することができないほかの人々を非難する内容のものが出版されている。

王妃の娘、マリー＝テレーズ・シャルロット・ド・フランス、未来のアングレーム公爵夫人や、タンプル塔でも王一家に忠実だった最後の従僕たち、のちのユー男爵、ジャン＝バティスト・クレリーあるいはルイ・フランソワ・テュルジーの報告も、明らかな理由から、ある種の偏見の痕跡がないわけではない。だから、注意して扱わなければならない。とはいえ、いくつかの人物像は浮かび上がってくる。もちろんエベール、そしてパリ国民軍の司令官アンリオ将軍、この人は視察に来るたびに、よく侮辱的な言葉を用いた。ほかはそれほど知られていない。元鞍職人だった工兵ロシェは、六月二〇日と八月一〇日のテュイルリー襲撃に加担した本物のパリのサン・キュロットで、マラーの、ついでエベールの熱心な読者だったが、「長い口ひげに黒い毛皮の縁なし帽をかぶった、ゾッとするような姿」と、ルイ一六世の最後の従僕で、一七九三年一月まで王一家に仕えたクレリーが語っている*95。エベールが「拒否権夫人《マダム・ヴェト》［一七九一年憲法で認められた国王の拒否権を頻発したというので、ルイ一六世に拒否権氏、マリー・アントワネットに拒否権夫人というあだ名がついた］の灰色の狼」とよんだロシェは、タンプル塔の看守代理をしていたが、だからといって、ランバル公妃を虐殺し、友の血だらけの頭部に口づけをさせるため、マリー・アントワネットの寝室にまで侵入しようとした連中にくわわるさまたげにはならなかった。多くの場合、非常識な言動というものは悲しいほど月なみでしかない。ここで、それは醜悪なしかめ面をしている。

この男たちはたしかに、おぞましい行為をおそれなかった。一七九三年三月、ロシェは国民公会議員ルジャンドルとともに、反革命の動きのあったリヨンで、ジャコバン派の市議会を援助した。四月二四日、ジロンド派に告発され、逮捕されて革命裁判所に送られたマラーが、無罪判決を受けて、意気揚々と国民公会へ戻るとき、彼は斧を手にマラーを先導した。その流れで、彼はパリ革命軍を支えるひとりとなる。タンプル塔では、がさつさと不信感が混ざった淀んだ空気のなかで、ロシェは囚われの王妃の前でデュシェーヌ親父のように遠慮なくパイプを吸い、この時期流行していた革命歌「カルマニョール」を歌って踊り、ここに住む人を侮辱するため塔の壁に意図的に残された「マダム・ヴェトはひどい目にあうぞ」「狼の子はつぶすべし」という落書きをだれも消さないようにと命じた。

かつてパリの門の関税徴収所にいた守衛ティゾンという男もいる。「陰険で意地悪」、その妻とともにコミューンのために情報提供をしていた。同じコミューンのくじ引きで、タンプル塔の交代要員として配属された委員数人もわかっている。医者のルクラーク、仕立屋レシュナール、時計屋チュルロ、かつら屋マテュー、それに王妃の部屋の暖炉のそばに置いてあるたった一脚の肘かけ椅子に座りたがった元司祭のベルナールだ。「囚人にテーブルや椅子をあたえるなんて見たこともない。わらがあれば十分だ[*96]」。看守たちは、王妃を一瞬たりともひとりにしない。共和制教育と称するものをむやみにしゃべり立て、死をちらつかせておどした。「ちょっとした動作、身ぶり、言葉、視線、沈黙までが(…)すべて悪意をもって解釈された[*97]」とフランソワ・ユーが言っている。彼女がかつてほとんど神のようだった分、その人と平等になったという意識が、彼らにとっては、たんなる権利を超えて、真の仕返しとなり、自分たちが何者であるかを忘れさせるほどの喜びとなった。「不幸な囚われの王妃」の信奉者たちにとっては、これはまさに「不幸を侮辱すること」だった[*98]。そこで彼らの側は、看守たちとふだん接するときの、彼女の「やさしさ」や「誠実さ」を強調することになる。

王妃の親切な人柄を証明したいという忠実さには、もしのちになってそれを語りはじめる人々の大部分に、ひそかな政治的意図があったことを考慮に入れなければ、ホロリとさせられるところだ。彼女は華やかだった頃も同じように、人に気に入られること、親切にすることが好きだった。とらわれの身となってからも、彼女を密告してから気がふれて、市立病院に送りこまれたティゾン夫人の消息を、折にふれてたずねたり、ある日、息子が看守にあいさつするのを忘れると、たしなめたりした。そこにはたしかに、なにかしらかつての宮廷の礼儀正しさの名残がある。しかし、わたしはむしろそこにはなみなみならぬ自制心があったと思うのだ。その自制心に、公判においてふたたび出会うことになるだろう。

伝記作家たちがあれほど語っていた、軽佻浮薄な若い王妃は、このような状況下でどうなってしまったのか、あの王妃はほんとうに存在したのだろうか？　彼女が悲しみに身をまかせたのはたった二度、一七九三年一月二〇日、夫との最後の別れの日と、七月三日に息子と引き裂かれたときだけだった。そのほかは、決して不平を口にしない。八月一日から二日にかけての夜、タンプル塔からコンシエルジュリへの移送命令を聞いたときも、「動揺するようすもなく」、一言も発することはなかった、と娘のマリー・テレーズ王女は言う*99。だがこうして彼女は、愛する最後のふたりである娘と義妹マダム・エリザベートから引き離されてしまった。ポケットのなかも調べられ、最後の思い出の品まで奪われてしまった。タンプル塔を出発するとき、低い扉の上方の枠に頭をぶつけ、痛くないかと問われると、夢のなかでのように答えた。「いいえ、もう何ものもこれ以上私を痛めつけることはできません[*100]」

＊

ここで少し立ち止まって、マリー・アントワネットが公判への出頭のため、突然引き出されるまでの七六日間置かれていた世界がどのようなものであったか、一七九三年八月二日午前二時に到着したときの「死の控えの間」、コンシエルジュリの状況を見ておこう。これらすべてが彼女の言動に影響することになる。貸馬車で何人ものコミューンの委員たちにつれられて彼女が裁判所の中庭《クール・ド・メ》に着いたのが夜中なのはせめてものことだった。物見高い編み物女《トリコトゥーズ》たちが集まる昼間を避けることができた。ほかの囚人によると、女たちは「新しい獲物」がつれてこられるたびに、いつも「手を打ち鳴らし、足をふみ鳴らして、痙攣したような笑い声」で出迎えたという[*101]。委員たちは、監獄の受付をする書記室は通らず、看守たちの掲げるランタンの薄明かりのなか、王妃を直接独房へ導いた。

折り重なるようにして判決を待っているほかの収監者たちと同様――八月初めには、二八〇人いた――王妃もその夜そこに入ったとき、まずは薄暗さと圧迫感を感じたにちがいない。このようななかば埋もれたように閉鎖された場所につきものの、照明の不足と息苦しさは避けがたかった。タンプル塔では、それでもまだ屋上のテラスで散歩ができたし、一応部屋といえるものがあり、娘や義妹といっしょに暮らせた。息子にも、七月三日にとりあげられて靴屋のシモンの手に渡されてしまうまでは、勉強を教え、歴史や旅行記や小説を読ませることができた*102。ピアノの使用まで許されていたので、好きなオペラの曲を歌ったヴェルサイユやトリアノンでの小コンサートの幸福な日々を思い出したことだろう。

コンシエルジュリのマリー・アントワネットの独房は、もともとは看守委員会の部屋で、直前までキュスティーヌ将軍が収監されていた。将軍はそれから一カ月もしないうちに処刑される。監獄の一階の、暗くて長い廊下の端の左側にあり、ほかの部屋より少し広くて、二つの格子つきの高い窓は、女の中庭に面している。女囚たちはその庭に出ることができることになっていたが、独房での二カ月半のあいだ、彼女だけは散歩を許可されなかった。死の朝まで、王妃はふたたび大気の匂いをかぐことも、空を見ることもない。一八四六年にヴィクトール・ユゴーがこの牢獄を、時間をかけて訪問したことがあったが、そのあと指摘しているように、「ここでは壁と格子が、自由で神からの授かりもの、つまり空気と光にとって代わっている[*103]」。彼女は世の中から隔離されただけでなく、牢獄のほかの部分からも隔離されていた。あまりにも例外的な収監者だったのだ。脱獄が極度におそれられていた。したがって警備上の理由から、大半の歴史家が言うのと反対に、九月初めにそのような命令が出されていたにもかかわらず、裁判までに王妃が別の独房に移されたということは考えにくい[*104]。

家具はまことに簡素で、木製の机、椅子二脚、壁に沿って奥の綾織物の向かいに置かれた枠に革帯を張った十字寝台、それに籐のトイレ用椅子と赤い革を張ったビデ[*105]。すでに登場した、女中のロザリー・ラモーリエールが、自分の部屋から布のスツールをもってきたり、テーブルに花を飾ったりした。この悲しみの海のなかにも、最後の生き生きとした楽しい色調が必要だった。墓ではごくふつうのことだが。そういえば、「色あせた、ゾッとするような独房という場所」と詩人のルネ・シャールもどこかで言っていた。

床はレンガの小口積みでできている。荒い切石の壁は、木枠の上に張られた破れ布でおおわれている。そこにはまだ、人がとりのぞこうと努めたユリの花の装飾の名残が見える。

独房は、板の仕切壁でちょうど二つに区切られていて、中央に粗末な衝立で閉じられた開口部がある。憲兵がふたり、入口の側の区切りを、すくなくとも九月までは占領して、四六時中そこにいた。

ランプも燭台も許されていない。秋になって、陽が傾くと夜がしだいに独房を満たし、それとともに寒さと湿気も侵入した。彼女に残るのは、女の中庭にある外灯のぼんやりした光と、廊下のアーチ型の天井の下で増幅された足音と鍵と錠前の音だけだ。本は数冊残してくれたが、それまでいつも熱心にやっていた針仕事を禁じられた。仕方なく、壁にかかった垂れ布の糸を引き抜き、指でつまぐってひものようなものを編む。不条理の糸巻きをするように。彼女はそうやって長いあいだ座ったままでいる。さまざまなイメージが、きっと遠い思い出のなかを戦いに敗れた軍隊が通っていくように、通りすぎたことだろう*106。「織物の杼あるいは存在の天使、それが空間を修理する」

九月初めの数日から、監禁の条件がさらにかなり悪化する。最後の、そして伝説的な救出計画が発覚したせいだが、それについてはまた後で述べることにする。ロザリーによると独房へは「昼も夜も一時間に一度」人が視察に来て、ベッドを探り、壁を調べ、窓の格子がゆるんでいないか確かめた。

＊

到着したときの収監記録の手続きは、独房内で行なわれた。ふだんと違って、大勢の人が来た。廊下は憲兵でいっぱいとなり、マリー・アントワネットはコミューンの士官や管理職にとり囲まれた。管理人のリシャールとその妻がつきそった。このリシャールがその後のすべての責任を負うことになる。この平凡な男が感じていたにちがいない動揺やとまどい、そして多分激しいおそれ、が想像できる。委員たちが引き上げたとき、その夜そこにいたロザリー・ラモーリエールは、彼女の言うところの「この部屋のおそろしいほどのそっけなさ」を「呆然と」見つめている元王妃を見た。八月の初めのことで、暑かった。顔に浮かんだ汗のしずくを何度もハンカチでぬぐう。しばらくして、ロザリーが就寝を手伝おうとすると、王妃はなんの気どりもなく言った。「ありがとう、娘さん。だれもいなくなってからは、自分でしているのですよ」

コンシエルジュリに到着したとき、彼女は何を感じていたのだろう？　この監獄が裁判所の監獄であり、多くの人にとってそこが最終段階であることは知っていた。ヴィクトール・ユゴーの『死刑囚最後の日』を思い出す。主人公は「昏睡状態におちいった者が、身動きすることも叫ぶこともできず、ただ自分が葬られる音を聞いているよう」にコンシエルジュリに移送されていく[*107]。のちにナポレオン帝政の宮廷府役人となるジャック＝クロード・ブニョは、回想録のなかで、告訴されコンシエルジュリに拘留されたときのことに言及しているが、それは十月初めのことで、まだそのときはマリー・アントワネットがそこにいた。生まれつき楽天的で陽気な人物だが、その日、すべてが彼のまわりで崩壊する印象をもったという。パリのど真ん中にいるのに、「砂漠の真ん中で道に迷った旅人のようだった」。「巨大な深淵によって残りの世界から切り離されたようだった。（…）思考は筋道もつながりもなくなって（…）一つ考えだけがほかのすべてを圧倒していた。それはわたしが死ぬ運命にあるのだということだった[*108]」

たしかに死の想念はだいぶ前からマリー・アントワネットのなかに住み着いていたが、コンシエルジュリへの到着の最初の瞬間をすぎて、彼女がすべての望みを失っていたとは信じにくい。彼女はあいかわらず生の側にあった。またわたしは、彼女の同時代人の何人かが語っているテュイルリーでの最後の時期における自殺の噂[*109]を、一秒たりとも信じたことがない。彼女は子どもたちのために生きたいと願っていた。彼女は生きなければならない、なぜなら王妃だから。彼女は頑固で強情だからあきらめない。ロザリーは、王政復古の時代になってからラフォン・ドーソンヌにした証言のなかで、管理人の妻リシャール夫人が彼女に打ち明けたという話を報告している。それによると、王妃はすくなくとも九月まで、身柄の交換あるいは亡命のことを話したり、考えたりしていたようだ。

しかし、彼女はもはや自由のきく身ではない。陪審員たちもやがてそうなるように、すでに「二五時」の主人公のようなものだった。彼女の運命は、ずいぶん前からもう彼女自身の手を放れて、非常に多くの物事にかかっていたが、その大部分を彼女は知らない。

ドラマはいつも語られないことの奥底に隠れているものだ。

第二幕

外国女

マリー・アントワネットの裁判は不要だった、不要だったゆえにいまわしいものだったということについて、多くの文章が書かれた。またしてもシャトーブリアンが、この卑劣説の主唱者である。「革命の第一の犯罪は王を死なせたことだが、もっとも醜悪なのは王妃を死なせたことだ*1」。そのあと、ライバルが生まれた。バルベー・ドールヴィイ［フランスの作家、文芸評論家一八〇八――一八八九年、貴族的なダンディズムを好んだことで知られる］が、そのことは、神が革命を許すのをさまたげるかもしれないたったひとつの犯罪だ、と言うようになる。王妃には名誉としての権力しかなかったことが、力説された。王妃は、王国の統治に少しもかかわっていなかった。一七七五年六月ランスでの国王の戴冠式においても、聖別されていない。一七九一年三月、国民議会が彼女から摂政の全権利を奪ってさえいた。王の公判の少し前、ある議員が国民公会で表明したように、王妃には不可侵特権がなく、蜂起した民衆やふつうの謀反人以上の権利はなかった*2。人々は、夫の場合のように裁判所ではなく国民公会で裁判を行なう、という栄誉を彼女には認めず、犯罪裁判所のあらゆる侮辱をしのばせ、王座から断頭台まで普通犯の被告人のように引きまわすという、王を殺したことよりさらにひどいことをした*3。彼女が王妃であったことを忘れただけでなく、はっきりした理由もなく侮辱し、目的も根拠もなしに、ただ腹いせのため、そして恐怖をまきおこすためだけにむなしく生贄にしたというのだ。

しかし、彼女の裁判はくつがえった神権君主制に根拠がある。また、永久に変化しつづける政治の文脈にも組みこまれていた。なにか出来事が生じたときはつねに、明らかな論理の後ろに、人々のとまどいの跡が見えるものだ。最初は、王より先に彼女を裁判にかけようとさえしていたのが、王の死後、ふたたび思い出すまで、人々は監獄のなかに入れたままの彼女のことを忘れていた[*4]。

＊

一七九三年一〇月一四日判事たちを前にしたとき、マリー・アントワネットはこうしたためらいや事態の急激な変化、あれだけののしられながらも忘れられていたことを知っていたのだろうか？　タンプル塔のときは、支持者のひとりで、外で雇われていた男が、牢のなかの王妃に聞こえるように、新聞のおもな見出しを大声で叫ぶ役割を負っていた。またときには看守たちのすきをついて新聞を受けとれることもあった。だが、コンシエルジュリではどうだったのだろう？　王は死の前日、自分が死んだら家族は自由にタンプル塔から出られるよう要求した。そして当時の法務大臣ガラが「つねに偉大でつねに正しい国民が、王の家族の運命を決めるでしょう[*5]」と答えている。それがどうなったかをわれわれは知っている。

　とはいえ、二カ月の中断があった。彼女の裁判の問題がふたたび俎上にのせられたのは、一七九三年三月になってからだ。まさしく共和国が指針を見失って困惑したときに、むし返されたのだった。ヴァンデでカトリック王党派の反乱が起こったのは、そのころである。さらに事態を悪化させるように、北と東の国境で、対仏大同盟が国民公会軍を打ち負かした。プロシア軍がライン左岸をふたたび占領し、キュスティーヌ将軍が七月二一日、それまで制圧していたマインツを引き渡す。一方、オーストリア軍はベルギーに入った。アーヘンに次いでリエージュが二月末に包囲された。三月一八日、デュムーリエの率いる軍がルーフェン近くのネールウィンデンで敗れる。開戦から二度目になるが、コーブルク大公のオーストリア軍、そしてまもなくヨーク公爵のイギリス軍が、共和国の国土をふみ荒らした。コンデは長い攻囲戦ののち破壊され、六月一四日に、ヴァランシエンヌは七月二八日に降伏する。一七九二年の八月と同様、人々は敗北の脅威と、敵軍が侵攻してパリに到達するかもしれないという恐怖にとりつかれた。

　国民公会では、この惨状について激しい議論をかわし、それを政治的武器に利用しようとした。それぞれの分派が敗北を独り占めして、ほかからとりあげようとした。共和国のすべての地域での反乱が、国境での敗北とからみあい、積み重なる。革命家の目には、国内の敵は、国外の敵と同じ一つの顔をしていた。ヴァンデの住民もピットもコーブルクも、国内の反乱者とイギリスの政治家やオーストリアの軍隊はみな同じだ。この等式のなかで、敗北を説明すると同時にのりこえるにはどうすればいいか？　革命が徐々に入りこみつつある政治的袋小路から抜け出すにはどうすればいいか？　ここで裏切りという幻想が全面的に意味をもちはじめる。それはしぶとい生命力をもっていて、一八一四年、一八一五年のワーテルローの戦い敗北の後、そして一八七〇年の普仏戦争敗北、一九四〇年の対独降伏といった歴史上の大きな危機のたびにそれが姿を表すのをわれわれは見る。裏切りをもちだせばみなを満足させることも、すべてを説明することもできるだけでなく、革命を推進するのに不可欠な要素ともなるのだ。反革命のない革命はない、それがほんとうに存在しようと、歪曲され、操作され、かぎりなく誇張されていようと。ジロンド派のブリッソによるジャコバン・クラブでのスピーチを思い出すといい、一七九一年一二月にすでに、「正直に言おう、わたしはひとつだけおそれている、それはわれわれが裏切られない、ということだ。われわれには大いなる裏切りが必要なのだ！*6」

　裏切りの亡霊が、過激化に理由をあたえることで、革命を際限のないエスカレートへ導いていく。すさまじい燃料のように、一七九三年五月末にはジロンド派を排除し、六月末にはダントンとその支持者たちを遠ざけた。自分の裁判がはじまったとき、マリー・アントワネットはこのことを全部知っていただろうか？　自分が何カ月か前から分派の人質となり、彼らの権力闘争の犠牲となっていたことに思いを致すことができただろうか？　革命の段階がひとつ進むごとに、革命の危機がひとつ起こるごとに、彼女の運命への一歩がくわわった。

＊

三月からは、まだ権力をきわめていなかったロベスピエールがさかんに動いて、国民公会から、失墜した王妃に対して新たな攻撃がくわえられたが、［幻想文学のほか革命時代を描いた作品もある一九世紀前半の小説家シャルル・］ノディエによれば、議会はいつも闘争あるいは悲劇となった。議会には野心、恐怖、情熱、夢想が混じりあい、生きのびる手段として、自分自身を切りきざむしかなく、超法規の世界に向かおうとしていた。革命の中枢であり、振動の源であった議会だが、革命の総譜は、力をつけてきたパリのコミューンあるいはセクションによって、議会の外で、あるいは議会に反して演奏されることがますます多くなった。

三月二七日、清廉の人といわれたロベスピエールが、マリー・アントワネットを裁判に向かわせることになる論理の式をはっきりと口に出した。共和国が危機にあるのは裏切られたからだ、だからその敵は罰せられるべきである。国王は国民の名で罰せられた。王妃も罰せられるべきである。これを述べているロベスピエールが目に見えるようだ。かつてないほど冷ややかで、よそよそしく、とりすまして、髪粉をふりなおし、ベルトもしめなおして、極度に青ざめた顔の皮膚には痘痕《あばた》が浮かび、いつもかけている緑色の眼鏡の曇ったガラスの奥で、その目はどんよりとして動かず、甲高いしわがれた声には抑揚がない。マリー・アントワネットは彼に会ったことが一度もなかった。見ていたとしても、おそらく遠くからだ。だが、その男が彼女の失墜の物語の主役、古代に人の運命を決めていた女神たち、ギリシア神話でのモイラ、ローマ神話でのパルカの役を演じたのだった。「国家を救うか、なすすべもなく滅びるにまかせるか、のときが来た。祖国の傷口をきちんと調べて、ほんとうに効く薬をぬるときだ。（…）大犯罪人たちはあまりに長いあいだ、処罰されずにいた。暴政を罰することだけが、自由と平等に正当な敬意をはらうことではないのか？　同様に罪深く、国民に非難されているのにもかかわらず大切に扱われている人物に対し、法の正義の剣をのがれるのをわれわれはがまんするのか？　いや、その人物はいま、自分の犯罪が罰せられるのを待っている*7」。マリー・アントワネットの名前は出されなくても、その後ロベスピエールが議会に提出する法案は、明確に彼女を示していた。

国家の自由と安全に対する攻撃に加担したとして罪に問われている彼女は、ただちに裁判にかけられるべきだ、というのだ。彼は四月一〇日、ふたたび同じ提案をする。しかし受け入れられなかった。このときまだジロンドの勢力が強かった国民公会は、別の考えをもっていた*8。

革命のこの迷い、この削除訂正、この方向転換がマリー・アントワネットの運命を不確実にし、すべての悲劇のもととなった。彼女はたしかに有罪かもしれないが、生きていれば、革命軍とヨーロッパの王たちとの戦争で、貴重な取引材料となる。三月下旬から四月初旬にかけて、ヴァルミーの勝利者である北部軍の総指揮官デュムーリエ将軍は、パリの過激派に憤慨しているジロンド派同志の支持を得て、この総譜の最初の幕を喜んで引き受けた。彼は軍隊を率いて国民公会をふみつぶし、ジャコバンを消滅させたいと思っていたことがわかっている。彼が軍の支持を失って、士官のうちの数人と逃亡し、オーストリア軍に身をよせていたこともわかっている。だが彼が、王妃をかけひきの材料として使っていたことはあまり知られていない。コーブルク大公とのあいだで合意した休戦には、王妃の解放と王権の復権という条件がついていた。その担保として、デュムーリエはオーストリア軍にいくつかの要塞を約束していたのだ。

そのあいだ、彼はオーストリアの支援を得て、オーストリア側に戦争大臣ブルノンヴィルと国民公会が彼を逮捕するために派遣した四人の委員を引き渡した*9。

四月、デュムーリエに代わって北部軍の司令官となったダンピエールは、あらためて、タンプル塔の囚われの王妃と国民公会の委員たちとの交換を交渉した。ただそのとき、オーストリアにとってはるかに受け入れがたい要求をつけくわえた。共和国の承認と「無期限休戦」合意の調印である。のちにオーストリア皇帝の宰相となるクレメンス・フォン・メッテルニヒは、当時、総督府公使としてオーストリア領ネーデルラントのブリュッセルにいて、五月二日にその一部を伝えている。「わたしはたったいま、国民公会がコーブルク元帥に、国民公会のメンバーとブーノンヴィルをとりもどすという条件で、ロイヤルファミリーを自由にすることを提案したことを知った*10」

ジロンド派失墜のあと、交渉は、当時仲間とともに公安委員会を支配していて、恐怖政治を終わらせる平和の道を模索していたダントンの後押しで再開された。六月、ブリュッセルとヴェネツィア、フィレンツェ、ナポリに密使が送りこまれた。同時に国境へ、手慣れたスパイたち、陰謀とあらばどんな政治体制にも仕えるプロの諜報員たちが急遽派遣された。そのなかの、元ポトゥラ侯爵、バスティーユに収監されていたこともあるモーリス・ロック・ド・モンガイヤールは二年後の一七九五年末、マリー・アントワネットの娘の身柄交換のほうは成功させる。山岳派中でももっとも穏健な人々の胸のうちには、イタリアの国々の中立性を維持し、対仏同盟との武装のままの休戦プロセスに、まずはオーストリアから着手することがあった。「政府のもっとも健全な部分は（…）全世界から非難されないようにと気遣っていた」と、のちにナポレオンの大臣となるユーグ・ベルナール・マレが釈明している。マレ自身はナポリのマリー・アントワネットの実姉マリーア＝カロリーナ・ダズブルコのところへ派遣されていた*[11]。タンプル塔の女囚は、すくなくとも口頭におけるこうした交渉の枠組みの一端ではあった*[12]。

しかし、ダントンは、七月以来委員会から遠ざけられていたし、なによりもオーストリアは申し出があった休戦を、とくに「無期限」とあっては締結する気がない。身柄交換に応じるのはいいが、フランスがまずどこかの場所、領地をゆずるなら、やむをえない代替案として受け入れようというものだ。一七九二年六月すでに、フランス王国の分割が語られ、彼らは秘密裏にアルザスとロレーヌを熱望していた。もっと後になって、それは仏領フランドルとピカルディーにさえなる。ブリュッセルにいたメルシー伯爵が、オーストリア政府の考えを伝えている。「もっとも美しい地方をとりあげたら、あの大国はもはや何者でもなくなるだろう*[13]」。オーストリアはフランス王制を守るためではなく、自分たちのために戦争をしていた。彼らの欲望は、成功を重ねるごとに増大した。彼らは、共和国軍の混乱を利用して、北部と東部地方を占領しつつあり、自国の勝利を疑わなかった。

*

本人がほんとうに認識していたわけではなかったが、戦争はマリー・アントワネットにとって過酷な試金石となった。ウィーンで、彼女の二人の兄ヨーゼフとレーオポルトを継いで、皇帝となったばかりの実の甥であるフランツ二世が、冷淡にも彼女を見すてて、自分の野心の犠牲にすることを想像できただろうか？　兄のヨーゼフは、一家の長兄としてときには厳しく扱うこともあったが、彼女と仲がよかった。革命の初期から妹の立場を心配し、助言をおしまなかった。彼女は、一七九〇年二月、この親しい兄が五〇歳の若さで亡くなったときには、心から涙を流した。「兄はわたしをやさしく愛してくれました。兄の死は、わたしにとっても国にとっても大きな損失でした[*14]」。彼女が、その後継者である遠い甥のフランツにとってなんだというのだろう？　多くの人々にとって、彼女はもうなんの意味もなく、身柄交換の対象でさえもなかった。夏のあいだの外交書簡に、彼女の名はほぼまったく登場しない。友人たちだけがこの政府の沈黙を名誉にかかわるものだと感じていた。よほどのお人よしか世間知らずでなければ、皇帝が、フランス政府に向けて使者を送り、代償もなしに、王妃をフランスの拘束から自由にする目的だけでその身柄を要求することに満足する、とは考えにくかった*15。七月には、皇帝の腹心の一人が、ルイ一六世の元密使のひとりだったブルトゥイユ男爵に、もし万一王妃が家族とともに解放されれば、オーストリアにとって面倒なことになるので、受け入れるまでに慎重に慎重を重ねる必要があるだろう、と打ち明けている。「彼らが画策していることの邪魔にならないようにということである」とブルトゥイユが報告している*16。ずいぶん冷酷な話だ。かつてのオーストリア皇女がこのときほど孤独だったことはない。一方で、共和国のほうは、国土譲渡の要求に耳をかそうとしない。それどころか、七月なかばに公安委員会に入ったロベスピエールにあっては、どんな交渉にもいっさい耳をかそうとしない。これはどちらかが倒れるまでの死闘となるだろう、死がいたるところにあった。

まるで偶然であるかのように、国民公会では、七月、王妃に対する攻撃が再開され、裏切りという言葉がまたしても人々の口に上った。八月一日、新しくロベスピエール派にくわわったベルトラン・バレールが、公安委員会の名で「オーストリア女」に対する無慈悲な告発文書を発表する。国民の不幸のすべてを彼女のせいにし、決闘を挑むように、ヨーロッパの王たちに投げつける。「国民の正義は彼女の上に正当な権利を要求する。彼女は陰謀罪の法廷に召喚されるべきである。王制の根をすべて抜かないかぎり、自由が共和国の地に繁栄するのを見ることはできない。オーストリア女を打ち倒すことでしか、フランツや、ジョージ、カルロス、ヴィルヘルムに彼らの大臣や軍隊の犯罪を感じさせることはできない[*17]」。各国の君主たちをより侮辱する目的で、ファーストネームでよんでいるが、フランツは神聖ローマ帝国皇帝、ジョージはイギリス王、カルロスはスペイン王、ヴィルヘルムはプロシア王のことである。勢いにのったバレールは、ついで王妃のコンシエルジュリへの移送を決議にかけ、フランス在住の外国人逮捕の許可をとりつけ、パリ市の門を閉じさせた。ロベスピエールの友で革命の大天使とのあだ名があったサン＝ジュストも意見は同じだった。もはやオーストリア人たちと話しあう余地はない、彼らを罰し、打ち負かすのだ。「委員会の考えたのは、オーストリアへの最高の復讐は、その親族に死刑台という不名誉をあたえ、共和国の兵士に銃剣をとって配置につくよううながすことである[*18]」。それから、公安委員会のなかでもとくに熱狂的なひとり、赤毛なので「トラ」とのあだ名のあったビヨー＝ヴァレンヌが、二度、声を大にして発言している。最初は九月五日に王妃の死を要求、それから一〇月三日には、彼女を「人間と女性の恥」とよんで、裁判が同じ週のうちに行なわれるべきだと主張した。その提案は可決された[*19]。

マリー・アントワネットはそれを知らない。彼女に不利に働く要因は、大部分、まずは国民公会内での、それからパリのコミューンと国民公会とのあいだの力と激しさの均衡にかかっていた。つねに一方が他方に圧力をかけ、犯人を要求する。公判で死が主張されるたびに、パリはわき立ち、公会はセクションに侵略されようとしていた。一方は国民の代表であり、他方は直接民主主義である。正統性の名においてはじめられたこの闘いは、その後も延々と現代史をつらぬいている。さらに一七九三年九月、一〇月と続いたヴァンデやアランジェでの反乱の一日一日が、王妃の残された日々を減らしていった。この状況において、彼女の裁判は、そのあとに続くジロンド党員の裁判と同様、協定や条約のような役割を演じた。彼女の死によって、山岳派の国民公会はパリのコミューンを自分たちの運命に結びつけ、協調をとりつけたのだ。言い方を換えれば、コミューンに譲歩した。というのも、九月、一〇月頃、いちばん激しく王妃の死を要求していたのは、もっとも進歩的なパリのセクションと、エベール派だったからだ*20。ときにジャコバン・クラブで、ときにコルドリエ・クラブでの発議が重なる。エベール自身は、「デュシェーヌ親父」紙上で攻撃を展開する。サン・キュロットはいまかいまかとジリジリしている、と保安委員会の諜報員たちが伝える*21。コミューンではひそかに、空前の請願キャンペーンをフランス全土で組織していた。請願はすべて、次々と国民公会議長のデスクの上に集まってきて、そのたび決断を迫った。それは九月三日にはじまって、裁判がはじまるとともに終わった。そのあとには、一二月まで同じくらい情け容赦ない内容の祝辞が続いた。わたしはその九〇件を超える目録を作ったが、もっとずっと多かったはずだ。それはあちこちの国境地域、西部、南部、政治クラブ、コミューン、郡、県議会から雪崩のようにとどいたが、同じような言葉がくりかえされている。「オーストリアの性悪女」「凶悪なオーストリア女」「犠牲者の血を飲むオーストリアの雌トラ」などなど[*22]。すでに一七九一年にも、オートリッシュ（オーストリア）とオートリュッシュ（オストリッチ、ダチョウ）という非常に程度の低い語呂あわせを使ったカリカチュアが、彼女を、ばかげた鳥の羽飾りの帽子をかぶって、ダイヤモンドや金をついばむダチョウの姿に描いたものだ。「金や銀なら簡単だけれど、憲法は飲みこむことができないわ」というセリフがついている。外国の出身であること、国王連盟との共謀、旧王制の終わりを認めようとしないこと、浪費と乱脈経理、敵によってすべてが故意に混同された。このような攻撃の後ろに、王に対してはみられなかった質の違う憎しみが感じとれる。ルイ一六世は、王制を体現するという誤りを犯しただけだったが、王妃マリー・アントワネットは罪そのものの体現だった。

＊

サン・キュロットの考えでは、マリー・アントワネットは戦争の大きな原因であり、また当然に共和国の裏切り者だった。この話は昔にさかのぼる。サン＝シモンが「回想録」を書いていた時代［一六九一年から一七二三年］、ヴェルサイユの宮廷では、ロートリンゲン（フランス語ではロレーヌ）家をすでに嫌っていた。なぜならフランスの家系でもないのに、王の血族に対してある種の上席権をもっていたからだ。彼の著書をひもとけばわかるが、そのなかで、カバニスが言うところの「あっぱれな公爵」［José Cabanis:Saint-Simon l'admirable, 1975, Gallimard］は、毒舌をふるい、棘のある言い方で嘆いている。「ロートリンゲン家は、もっとも偶然でどうでもよいようなことから、器用にあらゆる栄誉と自負と特権を引き出すすべを知っていた」。ロートリンゲン家がさらに嫌われるのは、その少しあとロレーヌ公フランソワ三世エティエンヌ（ロートリンゲン公フランツ三世シュテファン）が、ハプスブルク家のマリア・テレジア・フォン・エスターライヒとの結婚によって、ウィーンにおさまったときで、それがマリー・アントワネットの母だ。ずいぶん前から、フランスでは、プロイセンとその軍人王フリードリヒ・ヴィルヘルム、そして哲学者王フリードリヒ二世のほうが好まれていた。プロイセンはフランスにとって、むりのない自然なパートナーだった。

一七五〇年代の終わり、同盟相手のプロイセンからオーストリアへの入れ替えは、もうすでに「こよなく愛される《ビヤンエメ》」王ではなくなったルイ一五世が望んだことだったが、イギリスの影響をくいとめるために、大臣ショワズールはこれを支持し、そのための交渉を行なった。だが、宮廷の大部分とフランスの指導者層にとっては非常に過酷な経験だった。恥ずかしくも、先祖代々の敵であるハプスブルクと手を結んだのだ。フランスの外交や戦争にかんする伝統のすべて、ハプスブルク家の包囲に対抗するリシュリューとその影響下にあった伝統、マザランの伝統がくつがえった。もっと悪いことには、政治の変化が七年戦争のむずかしい状況にくわわり、オーストリアとの同盟はただちに苦い果実をもたらすことになった。フランス軍の、とりわけロスバッハでの敗退と、一七六三年にイギリスと結んだ不適切な平和条約であるが、これでフランスはカナダ（ヌーベルフランス）、インドのほかいくつもの島を失った。すぐさま、フランス王国はウィーンにだまされたのだ、という意見が支配的となった。

オーストリアの小さな皇女マリア・アントニアは、一七七〇年フランスに着いたとき、マリー・アントワネットになり、それからのちに革命家たちにはたんにアントワネットとよばれるようになる。一四歳で、ルイ一五世の孫である若い王太子と結婚したが、自分がオーストリアに対するこれほど積み重なる怨恨の重みを背負っているとは知らなかった。

彼女はたんに未来の王妃というだけでなく、子どもを産む腹であり担保であり保証であり、容赦なく置かれたヨーロッパの新しいパズルのもっとも重要なピースであった。ショワズールの政策に敵意をもつ人々のあいだで、すでに「とんでもない結びつき」とよばれていたものの生きた象徴だった。

すべてが罠だったように見える。革命の強情な人質となる前に、マリー・アントワネットはすでに一七七〇年、自分の一族とヨーロッパ政治の人質だった。彼女があらゆる努力をして、新しい国になじみ、その国を真摯に愛し、その国に自分の趣味で細工をほどこし、その刻印はいまでも続いているというのに、報われなかった。ドイツ訛りとはいえ、完璧なフランス語をマスターしたのも、母親からの手紙や、その母から彼女を指導し、自国の利益を思い出させることを言いつかったメルシー伯爵のたえまない忠告に従ったのも、むだだった。彼女はいつまでも「オーストリア女」だ。これを理解するには、ボンベル侯爵が、王妃と親しかったにもかかわらず、一七八一年一二月に最初の王太子誕生の際日記のなかで言っていることを読むとよい。「いつわりの友たちは見こみ違いをしている。王太子の母が、その息子がいつの日か治めることになる国民の敵になるはずがない*23」。だが、なるかもしれない！

そのことを思い起こさせ、彼女の一族のあらゆる害悪を告発する作家たちがいた。ジャン＝ルイ・ファヴィエが一七五六年、オーストリアとの同盟条約〔ヴェルサイユ防禦同盟〕調印と同じ年に、次いで、クロード＝シャルル・ド・ペイソネルが一七八九年、『フランスの政治状況』のなかで、さらにジャーナリストのジャン＝ルイ・カーラが革命初期に『愛国・文学年鑑』のなかでこのテーマについて正真正銘のキャンペーンを張った。それ以降山のように出されたオーストリアとオーストリア女を糾弾する数多のパンフレットなどは、いうにおよばない＊24。

＊

革命と、続いて一七九二年四月からはじまり〔四月二〇日対オーストリア宣戦布告〕、同盟側の決定的な敗北を画し、マリー・アントワネットから、王妃になったことの根拠自体を奪った戦争は、彼女が被告人となった裁判を悪化させることしかなかった。そのときから、ハプスブルク家の子孫である彼女を、国民は団結して敵とし、彼女についての空想のアイデンティティーを作り上げる。邪悪な人間、醜悪な人間というだけでなく、たんに彼女がフランスにいるということが、共和国軍の戦争初期における敗北の言いわけや説明とされた。風説はふくらんで、なににつけても非難され、あることないことが噂された。オーストリアに敵意をもっていた最後の廷臣、ヴェルジェンヌ伯爵を一七八七年に毒殺したとか、兄のヨーゼフに対しひそかに金を運ばせたが、国民の財産を横領して、ヨーゼフのオスマン帝国相手の戦争に資金を提供するためだったとか、またなにより、一七九〇年から闇の集団の首領として、ときにテュイルリー宮殿、ときにブーローニュの森で夜の集会を催し、フランスの宿敵のために祖国の敗退を画策した、とまでいわれた。

こうした言い分の裏に隠れているものについてはのちほど述べようと思うが、とにかく世論においては、王妃が主宰し、国中に下部組織をもつ危険な「オーストリア委員会」の存在をだれも疑わなくなっていた*25。オーストリア委員会という言葉は、一七九〇年からみられるようになったが、最初はもっとも過激な解決を支持し、フランスを戦争へと駆りたてたいと思っていた人々の役にたった。それから、王妃をすべての不都合について非難するため、そしてちょっとした腹黒い小細工や王への有害な影響を告発するための、とっさに思いついたような言いわけとなった。そして一七九二年六月、この点にかんして、王政最後の時期の外務大臣だったふたり、モンモラン伯爵とクロード・アントワーヌ・ヴァルデック・ド・レサールを「オーストリア体制の奴隷*26」として、オーストリアに忠実である嫌疑で、審理する。彼らの裁判は一時保留となったが、革命はすぐに彼らを捕まえる。ふたりとも一七九二年九月に、それぞれパリのアベイ監獄と、パリへ移送される途中のヴェルサイユで虐殺された。

以後、もはや証拠も必要とされなくなる。噂は自家増殖し、ふくらみつづけた。一七九三年に共和国がオーストリアに新たな敗北を喫すると、囚われの王妃の罪はかつてなく重くなった。「彼女は夫、子ども、国を犠牲にした。フランスはオーストリアの野心的なもくろみどおり彼女を迎えたが、彼女は国民の血と財産、そして政府の秘密を意のままにして、オーストリアの計画実行につくした*27」。きっといまもタンプル塔の監獄から、次いでコンシエルジュリの監獄から、ウィーンがおしすすめているおぞましい政治の糸を引きつづけているにちがいない、と。だが。実際は、オーストリアの首都ではもう彼女のことを聞きたがらなくなっていた。マリー・アントワネットはこの点で、一九三九年と一九四〇年ポーランド人たちが経験したのに少し似て、敵同士のあいだで板挟みになっていた。

このような状況のなかでは、もはやいかなる逃げ道もない。起訴前夜に出まわった誹謗パンフレットは残忍なまでになった。そのうちの一枚を書いた匿名作家は、面白がって、ギロチンにしゃべらせている。サディスティックで快活をよそおったギロチンが王妃になれなれしくよびかける。「あんたみたいなきれいな首は俺のこの機械に飾ってもいいいな。

もっともあんたはずっと前からその頭を故郷へ帰したいと思っているらしい。いいとも！　あっちへとどくようにときどき大砲にしこんで撃ってやろうじゃないか。（…）それをみたらあんたのオーストリアの連中がどんなにか喜ぶだろうよ！*28」

「あんたのオーストリア！」彼女の裁判では、彼女は「マリー・アントワネット・ロレーヌ・ドートリッシュ［オーストリアの］」であり、当時の人々に読んでほしいといわんばかりに、すくなくとも公判の公式記録ではそうなっている。ふたつの名字をこうして結びつけてならべておいて、それからロレーヌ地方をオーストリアに併合したいと考えた、と言ってまったく当然のように糾弾するのだ！　一〇月一四日の朝、エルマン裁判長が人定質問をした際、マリー・アントワネットが実際になんと答えたのかを知ることはできない。あとでもう一度、執拗にその名の起源について訊かれると、彼女は、それを相手にしないかのように、戦う気はないかのように、自分の国の名前を名のるべきだ、と答えた。だがわたしには、彼女が自分のなかに流れているロレーヌ（ロートリンゲン）の血を忘れていたとは思えない。

おそらく彼女はこのとき、ナンシーのコルドリエ修道院の礼拝堂のことを思い浮かべただろう。そこにはいまも彼女の先祖代々のロレーヌ公爵が眠っている。若い王太子妃としてウィーンからパリへの旅の途中の一七七〇年五月九日、ここに立ちよって、祈ったのだった。フランスの地における最初の宿場だった。人はいまもそこを訪れる。革命後変更がくわえられたにもかかわらず、そこには彼女の存在が感じられる。すべてが白と黒で、静寂に包まれ、格間の穹窿《ボールト》には何百もの涙を浮かべた天使たちが舞い、代々のロレーヌ公爵の大理石の棺がならんでいる。現在は使われていない支配の象徴である頭をおおう王冠、王杖、裁きの杖がその上を飾り、かつての権威を語っている。入り口のところでは、おそらく一八二〇年代終わりにきざまれてここに置かれたパネルが、彼女のあとにここを訪ねた一族の人々をしのばせる。一七七七年四月に兄の神聖ローマ帝国君主ヨーゼフ二世、一八一五年七月に甥のオーストリア皇帝フランツ一世、一八二八年九月に義弟シャルル一〇世とアングレーム公爵夫人となった娘のマダム・ロワイヤル。死者の列が来て、みずからの死の前で瞑想した。

数カ月前に、時間の流れの外にあるようなこの場所をそぞろ歩きながら、わたしは、当時の誇張したスタイルで入り口のパネルがいまも語っている、「フランス国民に賞賛されていた」若い王太子妃を思い浮かべずにはいられなかった。それからめくるめくような運命ののち、二〇年後に裁き手たちの前に引き出された失墜した王妃のことを。

彼女がロレーヌ家の血筋でありでオーストリア人だったことを糾弾したのは、まさにその裁き手たち、とくに検察官フーキエ＝タンヴィルだった。もはや言葉の問題ではなく、彼女が生きていることが問題だった。

＊

マリー・アントワネットが自分の名前を名のり、裁判長が彼女に対し、起訴状の朗読を注意深く聞ようにと求めたあと、フーキエ＝タンヴィルが、書記のニコラ・ジョゼフ・パリスに起訴状を渡す。パリスは一月からファブリシウスと自称していた。革命下ではローマ風の苗字がはやりだったのと、国民公会議員ル・ペルティィエ〔国王の処刑の日に王党派のフィリップ・ニコラ・マリー・ド・パリスに暗殺された〕の暗殺者と同じ名前は嫌だという理由からだった。

裁判の最初の大詰めだ。一七九三年、アントワーヌ・カンタン・フーキエ＝タンヴィルは四六歳だった。堂々たる体躯で浅黒く、目は生い茂った眉毛の奥に引っこみ、薄い唇、意志の強そうな顎、顔面は昔わずらった痘瘡のあとでおおわれている。彼の声や話し方について、だれも言及していないのが残念である。彼はフランス北部のサン＝カンタン近くで生まれた。父親は、富農［アンシャン・レジーム下で耕具と役畜を所有していた］で、生まれ故郷の村エルエルの領主だった。兄のピエール・エロワは、王の宿舎の厩と食糧係で、全国三部会の第三身分の議員に選ばれたが、そこでは目立って寡黙だったらしい。

アントワーヌ・カンタンは、裁判所書記組合でキャリアを積み、シャトレ裁判所で下級審の主席検察官の職を買うまでになっていた。だが、彼の伝記作家の何人かによると、財政のいきづまりとギャンブルが原因で、一七八三年には、それを転売しなければならなかった。そこで細々と、情報提供者などをして警察の仕事を少し経験し、革命裁判所の司法官に第二の道を見つけた。このとき、のちに彼がたいした良心の呵責もなく処刑台に見送ってしまう、従兄弟のカミーユ・デムーランが有益な手助けをしてくれた。セーヌの刑事裁判所、次いでサン＝カンタンの刑事裁判所に席を置いたあと、一七九三年三月に革命裁判所が設立されるとすぐに、国民公会によって任命される。それから、党派同士の闘争をとおしての一六カ月間、翌年七月にロベスピエールが失墜するまで、その職にしがみついていた。

彼にとって、ロベスピエールの失墜は運のつきだった。それを境にして、人々は恐怖政治の勘定を清算したいと思うようになる。逮捕されてからまもなくの、一七九四年八月、彼は国民公会宛ての意見書のなかで、自分は不幸な人々の救いの神であり、悪意ある人々にとっての恐怖であった、と自画自賛している。傲慢にも「どれもこれも凶悪な二四〇〇人を超える反革命分子を裁けた」のは自分のおかげである、熱心に働いて、一六カ月前から夜は三時間しか眠っていない、それになにより、清廉潔白な公務員として、また義務の倫理観をもった人間として、仕事上の責務として、命令には従わざるをえなかったのだ、と言う。「わたしは国民公会の斧でした。斧を非難することができますか？*29」あきらかに「この着実で確固とした」働きぶりは、彼に数えきれないほどの敵を作った。途中、彼が「専制的な」と軽く非難したり、否認したりすることもあったロベスピエールだが、とくに支持する相手として選んだわけではなく、ましてや友情によってでもなく、政治的力関係についての鋭い感覚に恵まれた実際家として、彼には長く仕えたのだった。

清廉の士の異名のあるロベスピエールのほうでは、フーキエ＝タンヴィルを信用せず、厳しく監視させることまでしていたし、自身の失墜の少し前には彼を解任しようとしていた。恐怖政治のもとでは、皆が互いに疑惑の目を向けあっていたのだが、ロベスピエールにはたしかに疑わしいものを見抜く才能があった。その上、フーキエの場合には理由がなくもない。このかつての下級審主任検察官は傲慢だったし、陰険で、なんでも指図をしたがり、自分でも「激しやすく血の気の多い」性格だと認めている。すべきことを人から言われるのを嫌がったようだ。清廉の士をひそかに嫌っていて、彼の失墜に加担したことも考えられる。そう考えたいところだ。だがいまのところ、まだ指揮下にあった。もしロベスピエールの失墜を望んでいたとしても、恐怖政治と手を切りたいから、というわけではなかったことは確かだ[*30]。

しかし、彼は臆面もなく自分を「やさしくて人間的だ」と言う[*31]。まあそうかもしれない。卑怯者の二面性には強調してもしきれないものがあるからだ。フーキエは家族と一緒だと別人だったようで、二度の結婚による子どもたちに囲まれ、一七八二年に最初の妻を亡くしてすぐに再婚したが、二度目の妻アンリエット・ジェラール・ドクールに心から愛されていた。彼の書類のなかに母親への尊敬に満ちた若い頃の手紙や若い息子ピエール・カンタンの進路を気遣う手紙を見ることができる。息子はそのとき折よく、少尉の身分で、オー＝ラン県の軍隊に配属されたところだった[*32]。

意見書で、彼はもちろんこうした事情を利用して「自分には不幸で財産もない家族が大勢いる」と泣きついた。また、もちろんのこと、自分の裁判では、受刑者の最後の衣服を処分したことを認める善人となったが、彼らを忘れるための金を受けとっていないときは、こうした人々を出廷すらさせないで、死刑台へ送った。実際、大急ぎで用意された勾引状の綴りのまちがいによるギロチン送り、前もって用意され白紙で署名された起訴状、割りあて、十把一絡げの扱い、こうしたことがすべて現実にあったのだ。

結局、彼は血を好むというより、むしろ日和見主義的で卑屈でかけひきの好きな男だった。わたしは、彼が一七九五年五月六日の処刑前日に、妻に送った手紙を手にしたことがある。その手紙は、たとえそれが最低の男のものであっても、最期にのぞむ人の手紙が皆そうであるように感動的だ。その上、判決［陪審の評決］言い渡しの直前にはじまって、彼が自分の刑を知ったところで終わっているからなおさらである。それはこんな風にはじまる。「勇気はわたしを見すてていない、これからも見すてないだろう。わたしは何が起ころうとそれを信じたい、わたしの良心は穏やかでなんのとがめも感じていないから」。そしてこう叫んでしめくくる。「ああ、聞いたか！　心の底からおまえを抱きしめる」。これらの言葉は紙にたたきつけるように殴り書きされている。ところが続いて、彼は下着や個人的な持ち物のことを心配する。あれほど多くの人々を震えあがらせた男が、革命裁判所のおそろしくて冷酷な検事が、最後にシャツや室内履きの心配をしている*33。凡庸な人物が悲劇と戦うとき、彼らがほんとうにはどんなにつまらない人間であったかを露呈する、生活上の些事にどこまでもこだわって、死を正面から見ないようにするのだ。

この度法廷は、彼の言い分を聞こうとしなかった。本気で彼を黙らせた。フーキエは、一七九五年の春、五月七日に断頭台に上る。ロベスピエールの一〇カ月あと、マリー・アントワネットの一年半あとのことだった。残忍な加害者たちが今度は被害者になる。皆がなにかを共有しているとすれば、それはこの荒々しい死という共通の悲劇だ。権力はどんなものであろうと、その力を濫用するのを好む。それはその本性のなかにあるものなのだ。

王妃の裁判の時期、フーキエ＝タンヴィルは権力の頂点にあった。判事たちが彼に書いた手紙の冒頭はこうだ。「市民同志《シトワイヤン》、検事殿[34]」。八月二一日、キュスティーヌ将軍の事件の論告のため、彼はエルマンとともに国民公会に招かれた。検事ボネの元書生だった彼の個人秘書と、二人の若い検事代理、彼の両親がほんとうの息子のように育てた家族の友で、独身のジャン・バティスト・フルーリオ＝レスコとミシェル・グレボーヴァルがしっかりと補助をつとめた。グレボーヴァルの評定の作成者は、このふたりが離れがたい仲だったと非難し、さらにこの匿名の人物は「夫婦というあだ名をつけられたが、その冗談を彼らは大いに気に入っていた」ほどだった、と報復するかのようにつけくわえている[35]。

フルーリオは一七九四年五月、ロベスピエールの後押しでパリ市長に任命されたが、彼なしでは何もできなかった人物で、七月には彼とともに処刑される。その裁判の際、まだ数日はそれまでの地位にあったフーキエは、親友を自分の手でギロチンに送らなくていいように、なんとか担当を回避する方策を見つけるという、人間らしいところを少し見せるわけだが、ほんの少しだけ、というべきだろう。

一七九三年七月からは、彼が指揮をとったのは、とくに公安委員会でだった。九月二五日には、元王妃の判決にそなえて彼はフルーリオとともに、委員会との合意のもと、六〇人の陪審員の新たなリストを作り、そのひとりひとりに、彼らが果たすべき役割の性質について疑問の余地のない文書を送った。「国民の報復はあなた方の手にゆだねられている」。途中、やや確信に欠ける人物はとりのぞかれた。そして、抽選の順番に従うどころか、最終的に「彼の」陪審を用意したのは、またしてもフーキエで、リストから勝手に名前を抜いては、当時「確実な人々」とよばれていた、王妃の死刑に確実に賛成投票する人のなかから選んだ別の名前と入れ替えることをしたのだった。

一五人の陪審員のうちただひとり、コンシエルジュリ付きの医者で、同時にロベスピエールの主治医だったジョゼフ・スーベルビーユだけが、判断を回避しようとした。被告人を監獄で手あてし、個人的な接触もある自分は評決にくわわることができないと申し立てた。だがスーベルビーユはあきらかに共和主義者だった。陪審団は彼の存在を必要とした。「もし忌避したい者がいるなら、王妃の不幸に心を動かされているからだ」と裁判長のエルマンは言うにちがいない。スーベルビーユは陪審にくわわり、何事にも心を動かされることなくみなと同じように賛成票を投じることになる。

この裁判ではすべてが細工されていた。陪審は検察によって指名され、判事たちはあきらかに最初から被告人に反感をもっていたし、弁護士たちについては後で述べるが、国選であるうえに、厳重な監視がついていた。フーキエは彼らを信用していなかったので、公安委員会を説得して、結果はどうあれ、口頭弁論が終わったら逮捕させることにしていた[*36]。もちろん、彼らはそんなことは知らない。公判の前日に指名されたばかりだった。起訴状を読む時間はほとんどなく、弁論を起草する時間もなかっただろう。さらに当然、証拠を提出できることなど論外だった。

*

フーキエにとってそんなことは問題ではない。元王妃の出廷は彼の扱ういくつかの重大な事件のひとつだった。しかものちに、これは成功だったと言っている。もう何週間も待っているのに、裁判所の評判を口実に何もしない、と委員会を非難した。各クラブは不平をもらしはじめている、とすでに八月二五日に、彼は書いている[*37]。

一〇月一四日朝、彼は勝利するにちがいないが、ほんとうに満足していただろうか？

ここ数週間、書類が空疎なのが不満で、フーキエは八月にすでに二回、公会へ手紙を書いていた。一〇月五日には、委員会に、マリー・アントワネットに不利な書類が足りないので、その裁判を予審に付すのはむずかしくなるだろう、と警告している。それまでに、彼は何も受けとっていなかった。何日もたらいまわしにしたあげく、十一日になってやっと委員会は王の裁判に用いられた書類を調べてよい、との許可を出した。だがそれがどこに保存されているかわからない。フーキエは、昨年書類の目録を作る任にあたった、二四人委員会といわれる委員会の元メンバーのだれかにたずねなければならなかった。そのとき共和国文書委員会のトップだった、非常に穏健な国民公会議員ピエール・ボーダンは少しも急がなかった[*38]。一〇月一四日、裁判がはじまる当日の朝になってやっと、あまり重要でない書類をいくらか送ってよこした。証人と被告人自身の事前尋問で満足するしかなかったが、それも非常に実り多いということはなかった。

結局、公会は王妃をパリのセクションにゆだねることで、事件全体をやっかいばらいすると決めたのだ。あきらかに、ルイ一六世の裁判のときのような、証拠調べのために彼ら独自の委員会を創設する労をとらなかった。パリのコミューン（革命自治体）と裁判所がなんとかするだろう！[*39]

証人として、フーキエは、直接には何も見ていないのに噂でものを言うような、あるいは重要な役割を演じてみたい、というような、どうしようもない輩を見つけてくる。ヴェルサイユの女中頭レーヌ・ミヨは、コワニー公爵伯爵本人が彼女にこっそり話し、うけあったところによると、被告人はその兄弟に二億以上を流していたのはまちがいない、と証言した。さらに自分は確かな筋から、被告人がオルレアン公を亡き者にしたがっていたことを、知っていたと主張した。またピエール・ジョゼフ・テラッソンという司法省の文書係は、王妃がヴァレンヌから戻ったときの怒りに満ちた目を見たと証言した。それが復讐したくて一七九一年七月一七日にシャン・ド・マルスで民衆に向けて発砲させたことのなによりの証拠だ、と言う。三人目は興行師で広告業者のジャン＝バティスト・ラブネットで、自分は王妃の手下に殺されそうになったところをあやうく助かった、などと眉ひとつ動かさずに言ってのけた。

人々は、たしかに見たという人がいる数通の手紙を探していたが、だれも提出することができないでいた。ディディエ・ジュルドゥイユという、マラーのセクションの指導者のひとりで、ジャコバン・クラブとコルドリエ・クラブのメンバーで、警察の管理職にありフーキエに近く、そのため陪審員補としても動員されていた人物が、ダフリ家でそれを一通発見した。ダフリは旧スイス近衛隊の連隊長だったが、革命裁判所で無罪になってスイスへ戻り、一七九三年六月一〇日に死去していた。アントワネットがダフリに命じて民衆に対して発砲を命じたのは確かだ、とジュルドゥイユは主張した。また廷臣のひとりの手紙があるはずで、それによると被告人は連盟に対する軍事行動の計画を、戦争がはじまったときに知っていたにちがいない。だが、その手紙は「カペー」裁判の記録とともに整理されていて、それらがどうなったかだれも知らない。その記録を担当していた二四人委員会の旧メンバーのすくなくともふたりに、問いあわせがされた。書記官で、パラシュートの発明で名高いガルヌランの兄弟であるジャン・バティスト・ガルヌランと国民公会議員のヴァラゼである。手紙はコミューンに請求された、とひとりは答え、保安委員会にある、ともうひとりが答えた。これはいかにも当惑しているようすの、いかにも素人っぽい答えではないか。皆でこうした証拠を軽んじて、まるでなくてもいいと思っているかのようだ。

当時トゥルトー・ド・セプトゥイユ男爵［ルイ一六世の侍従長で王室費経理係だった］が所持していたとされる王室費のリストにマリー・アントワネットがサインしたといわれている、例の証書についても同じことが起こっていた。その証書は彼女の濫費と外国への送金の証拠となるものだ。そのうちの一通は、国外へのがれていたあのいまわしいポリニャックに宛てた八万リーヴルの証書で、トランプのばばのようにくりかえしまわってきては、たびたび話題に上っていた。ガルヌランはそれをもっていた、ヴァラゼも、である。しかし二万リーヴルのものだった。フーキエはついに書類がどこかへ行ってしまったことを認めたが、探す、と約束した。一〇月一六日の裁判の後もまだ探しつづけることになる*40。この件にかんしては、別の証人、グレコことフランソワ・ティセといって、ジュルドゥイユと同様パリのコミューンの監視委員会に属す男が熱心だった。彼はセプトゥイユの館で、価格をつり上げて民衆を飢えさせる目的でなされた、さまざまな食料品買い付けのための二〇〇万リーヴル以上の注文票を見たという。だがそれも紛失した。

見てのとおり、フーキエの証人には密告者や警官が多い。多くは八月一〇日の「犯人たち」の書類を入手したが、その頃は役所がみなひどく混乱していたので、だれもそれを提出することができないのだ、という。恐怖政治は、役所仕事を過剰に増加させただけでなく、混乱させた。警官たちはそれでも、ほかの人よりうまく切りぬけた。職務のおかげで、監視人としての明敏さや二枚舌や警戒心に長けていたからだろう。彼らはよい耳をもち、遠くが見える。マリー・アントワネット裁判の証人の半分以上が革命を生きのびることができなかったが、彼らは違った。わたしは、警察の秘密の帳簿について調べているとき、フーシェのリストに彼らを何人も見つけた。たとえばフランソワ・ティセは総裁時代の尋問部で欄外署名している。そのあと、警察の監察官付きスパイの手当をもらっている。有力な大臣の庇護を受けて、帝政時代には出版物の監視の部門でキャリアを積んだ。かつて印刷工だった彼は、革命下でギロチンをたたえるパンフレットを出版していたので、新聞のことをよく知っていた*41。元執行官のディディエ・ジュルドゥイユはもう少し運がなくて、執政時代の冒頭、ナポレオン・ボナパルトが発したジャコバン追放令にかかった。しかし彼もフーシェの庇護を受けることができた。インド洋コモロへの流刑を言い渡されたが、身を隠し、名前も変えた。だれも彼を追わなかった。その後はル・アーヴルで身入りの多い質屋を営み、さまざまなものの密売をした。とくに、周辺の、持ち主の貴族たちが亡命した後、国家財産として売られ、廃墟となっていた城館を扱った。これは彼の習性のようなもので、すでに恐怖時代のパリでも、彼は教会の土地を投機の対象と考えていた*42。

同様に、元弁護士のテラッソンは一七九四年四月に国民公会によって創設された民事、警察、裁判行政委員会に雇われる。テラッソンはすでに一七九三年五月、司法大臣のために「情報収集者」としてスパイだったことがある。ロベスピエール失墜の前後に二度、投獄されたこともあった。彼はそれをのりこえて王政復古の時代に生涯を終えている。敬虔な人々は、その頃のこの「忘却に沈んだ老人」は、自分の罪を償うために教会ですごし、キリスト教徒に感銘をあたえたというだろう*43。また、マリー・アントワネット裁判では地位を脅かされて証言を強いられたのだろう、と。しかしながら、大勢の元革命家たちを信用してはいけない。彼らはブルボン家が復帰すると、すぐさま膝をつき胸をたたいて、悔悟してみせたのだから。

公判では、問題の手紙類が見つからなかったため、くだらないことに拘泥することになった。コンシエルジュリへ移った際、マリー・アントワネットが身につけているのを見つけてとりあげてあったイエスの心臓（聖心）の図が、反革命に加担している危険な印として法廷に提出されたのだ。今度は一七九三年夏に反革命の反乱を起こしていたヴァンデの人々が、自分自身や家族を守って、王妃に不利な証言をすることになった。個人的な信仰の敬虔なしるしが、数カ月のうちに内戦のしるしとされた。このことについて証言したエベールは、確信をもっていた。彼は陰謀家たちが同じ絵をもっているのを見たという。その上、テュイルリーには聖職者市民法を拒否している聖職者たちがいた。王が彼らの流刑について拒否権を発動したのは、被告人の影響である。反教権主義以上に、エベールに近い証人たちが述べた無神論、闘争的あるいは信念としての無神論が、疑いなくこの裁判の一つの側面を構成している。しかしそのことは、のちにマリー・アントワネットをもちあげて、殉教の聖女への変容を熱心に支持する人々がそう信じこもうとしたようには、この裁判の本質的な部分ではなかった。

証拠が提供できないので、多くの証人たちは元王妃の裁判を、以前の状況についての仕返しをする機会とした。この点からは、マリー・アントワネットの裁判は、旧体制、階級制、宮廷の優先に対する平等の勝利だった。かつて「もっとも輝かしい威光」に囲まれていた人に向けられたこの扱いの平等は、裁判所の公平さの担保である、と裁判長エルマンは執拗に言っている。パリのコミューンの検事ショーメットは、貴族主義的な発言をしたとしてコンシエルジュリに留置されていたふたりの娼婦を王妃といっしょに出廷させる、という毒のあるアイディアさえもっていた。三人を同じ荷馬車で断頭台へ運ぶところだったが、裁判所はこの手の楽しみを好まなかった*44。思うに、王妃は、彼らが主張するようにどんな女性とも平等に裁かれた、というわけではなかった。

王妃の裁判全体が、社会的転覆の大きな作業に似ていた。突然に、身分の低い人々が、まるで同じ世界にいるかのように、身分の高い人々に話しかけていた。ヴェルサイユの国民軍の伍長だったラブネットが王の戦争大臣だったラ・トゥール・デュ・パンに馴れ馴れしく声をかけ、相手が自分を覚えていないのに驚く。老貴族の返事はすばやく、冷たく、手厳しかった。「ムッシュー、あなたのことは聞いたこともありませんな」。また、八月一〇日以前にテュイルリーの歩哨だったが、王妃と気楽な会話をかわしたことがあると語った者たちもいる。身分の高い人々と同じように、彼らも重要な役割を果たした。国家の機密事項を打ち明けられたこともある。信頼されたからで、黙っているように言われたのがその証拠だ。

フーキエはもちろん、こうしたことすべてを真に受けたわけではなかった。やむをえず、明白な証拠に立脚することができないまま、彼の論告は王妃に対してより、むしろ最初から王妃の死を要求していた人々に向けて書かれた。それは完璧だった。そこには人が聞きたかった次のようなことが書かれていたからだ。マリー・アントワネットの裁判は、アンシャン・レジームがしかけた革命への戦争のプロセスである。王政を恨んでいたのは民衆ではなく、王政のほうが民衆に対して陰謀をくわだてたのだ。一七八九年一〇月五日、一七九一年七月一七日、一七九二年六月二〇日、八月一〇日の激しい暴力の日々は、宮廷のしわざで、宮廷は毎回その敗北ももくろんでいた。そして「アントワネット」はその中心人物だったのだ*45。

＊

ファブリシウスは法廷の慣例どおり、四ページにわたるフーキエの論告を艶のない単調な声で読み上げただろう。悪文、くりかえし、難解な言及、革命期に非常に好まれたおおげさな言葉づかいは忘れよう、革命は通りすがりにフランス語の古典的な飾り気のなさもくつがえした。何もかもがそこにあった。確信、推測、風評、幻想、時代の空気、外国の列強との「犯罪的で有害な」「秘密の書簡」、そこへ送金された数百万の金、「秘密の集会」、「オーストリアの秘密組織」、「遊蕩」と「共謀」、影響力、隠し事。まるで、テュイルリー宮の国王の執務室の壁かけの後ろから、絹の布がこすれる軽い音が聞こえてくるようだ。決して姿を表わさないが、すべてを見、すべてを聞き、すべてを知っているものの存在を示す音である*46。マリー・アントワネットはトロイの木馬、腹黒いマタ・ハリのような、不吉なおとぎ話の邪悪な妖精、大いなる策略家、よって大いなる罪人、「フランス人の疫病神で吸血鬼」。裁判長のエルマンが公判終了の少し前にそれを非常に巧みにまとめてみせた。「もしこれらの事実全部の証言がほしいというなら、被告人を国民すべての前に引き出さなければならない。（…）アントワネットを告発しているのは彼らだ。五年前からの政治的出来事が、すべて彼女の有罪を証言している*47」

ひとりの女性に対してこれはずいぶんだ。この告発の重さは、あきらかに人々が彼女をふつうの市民として裁いているのではないことを示してあまりある。彼女は有罪だ、なぜなら王妃だったから。証拠などどうでもよい、王妃というものは、とくに外国人の王妃は不純で凶悪であると決まっている。エベールはもうじき、いつもの遠慮のなさで、満足げに日記に書くだろう。「思うに（…）王妃でなかったなら、彼女はこれらの罪に責任がなかったのでは？　だがこの罪は彼女の首をはねるのに十分だ[*48]」

お世辞や称賛は、ときとして、ある人間の権力がもたらす恐怖と追従と服従の関係について、とてもよい着想をあたえてくれる。当時は、フーキエ自身も彼の論告も、文字どおりほめそやされた。そうした賞賛の手紙は、記録保管所に眠ったまま忘れられているが、どれもひどく卑劣で、ばかばかしいものだったと言っておかなければならない。たとえば、かつての治安判事で、革命裁判所所長だったジャック・モンタネが、七月末に職務を停止され、フーキエその人に糾弾されて、書いた手紙は、彼の罰を軽くできなかった。投獄されてしまい、そこから出たいと願ってこう書いたのだ。「北国のメッサリナ［古代ローマ皇帝クラウディウスの妃、放蕩・残虐で知られ、悪女のたとえ］に向けた告訴状を、大きな喜びとともに、称賛さえもって拝読しました。（…）この論告は後世に伝わり、貴職の名前を不滅のものとし、貴職に共和国と人民の幸福の真の友すべての感謝を受ける権利を、永遠にもたらすでしょう」。そして（どこを探しても見つからない）事実の陳述の明晰さと力強い真実性をたたえている。そして最後に、自分がうまく切りぬけるため、モンタネは途中、被告人に、国民に耐えしのばせた死につりあった悲惨な死を希望する*49。ある種の人々は、命びろいしようとしているとき、どこまでも卑怯である。

フーキエはだまされない。彼は所長であるモンタネを、シャルロット・コルデ裁判において寛容だったことで告発したが、モンタネが正式に裁判所を辞任することを執拗に拒否したので、投獄し、そこでジタバタさせておいた。ロベスピエールの失墜まで牢にとどめ、だが引致はしなかった。それで彼は助かる。当時ロベスピエールが、妥協のない、忠実な裁判所長を望んでいたので、エルマンをかわりに置いた*50。これは、いかに革命裁判所の検事が判事たちを思うままに引きまわしていたか、ということである。

＊

証人や陪審員と同様、この物語では裁判官も忘れられている。彼らは尋問がはじまったとき、被告人に向けて革命が放った無言の叱責のように、テーブルの後ろに座っていた。証人や被告人に次々と質問している裁判長のエルマンのほかは、たいしたことは言わない。しかし端役であると同時に、欠くことができない存在である。裁判が適法な外観を保つためには、彼らが必要だった。たしかに、判事たちは特別裁判所ではあまり活躍のチャンスに恵まれていない。革命裁判所といおうが、ヴィシー政権下で懲治隊（セクション・スペシアル）［共産主義者、無政府主義者を超法規的に断罪するために設けられた］と名づけられようが、そこにいた。彼らは起訴状に署名した。もうじき論告と裁判官の合議判決に署名することになる。

少し近くから見ると、彼らは驚くほど互いに似ているし、また違っている。歴史がつかんでいる、革命が結んだ同じ一本の見えない糸に導かれて、今彼らは自由の法廷の王妃の前にいて、黙って彼女を観察している。彼らはここ二、三日、光を浴びているが、すぐに暗闇に戻るだろう。

人が少しでも覚えているとすれば、裁判長のマルシアル・エルマンがやっとだろう。ロベスピエールは八月末、臣下を任命するようにして彼に裁判所の人選をまかせた。エルマンを評価していて、どんな状況でもあてにすることができることがわかっていた。ずいぶん前から知っていたのだ。革命前、若いエルマンは、アラスでアルトワ州議会検事を補佐していたが、その頃ロベスピエールも、同じ土地で弁護士としてすでに評価を得ていた。

エルマンは一七九三年に三四歳。美貌で、古い法曹一族の出で、エレガントな風采、飾り気のなさ、行儀のよさが身についていた。情実による優遇の現場を捕らえられたことはないし、近親が彼の名で特権を享受しないように、と注意したはじめての人だったが、これは特筆すべきくらい、まれなことである[*51]。ロベスピエールが一七九四年六月一〇日、革命裁判所改組法（プレリアル二二日法）によって革命裁判所を、審理も弁護士も口頭弁論も不要な一種の火刑裁判所のようなものに変容させたとき、彼はもう所長をやめていた。だが、すくなくとも、収監中の囚人を一掃しようという計画、いわゆる「牢獄の共謀」事件による七月の一連の裁判を担当することからはのがれられなかった。大恐怖時代とよばれたその時代、この事件では何百人もがギロチン送りとなった。一部は、彼が指揮していた市民行政・警察・裁判執行委員会［一七九四年四月の国民公会の決定によって創設された法務省と、内務省の一部に代わる機関］において、犯人のリスト、にせの証拠、にせの起訴状が作成された。清廉の士、ロベスピエールの失脚後も、「決して変わることなく、つねに手法はシンプルに、信条に誇りをもって[*52]」職務を続けられそうだったが、結局テルミドールの反動を生きのびることはできず、フーキエ＝タンヴィルと同じ日［一七九五年五月七日］に断頭台にのぼった。

エルマンはきっとマリー・アントワネットの有罪を信じていただろう。一〇月一二日に予備尋問を行なったのは彼だった。また公判中審理を指揮したのは彼だったが、すべてを決定したのはラマルティーヌが「恐怖政治の鉄の口」とよんだフーキエだった[*53]。エルマンはならんで席についていた四人の判事と同様、フーキエのするにまかせた。陪席判事たちは彼の右側に、ガブリエル・ドゥリエージュ、五一歳、次にアントワーヌ・マリー・メール、別名メール＝サヴァリー、四八歳。彼の左側にジョゼフ＝フランソワ・ドンゼ＝ヴェルトゥイユ、五七歳、とピエール・アンドレ・コフィナル、三一歳だ[*54]。

オーヴェルニュ人コフィナルだけが、そのたくましい身体、黒い目、太い眉で、周囲から浮いていた。遊び人で口やかましいという定評がある。ほかの判事たちはもっと年上で、どちらかというとぱっとしない。彼らはフランスの各地から来ていた。ドンゼはベルフォール出身、ドゥリエージュはマルヌ県のサント＝ムヌー、コフィナルはオーヴェルニュ地方のカンタル県ヴィック＝シュル＝セール出身だが、たまたまそこにいるのではなく、みなかつて王政に使えていた官職をもつ、ブルジョワの同じ社会階級に属していた。ドンゼの父親はベルフォール市評議会理事および検事、ドゥリエージュの父親はかなり裕福でサント＝ムヌー市の関税局長の職を買っていた。コフィナルはヴィック市の下級裁判所の弁護士の息子であり、メール＝サヴァリーの父親は王の犬の飼育場の医者で[*55]、ルイ一五世時代に、パリ塩税局の管理権のひとつを買った。

次の世紀の『感情教育』の主人公フレデリック・モローのように、全員が、多くは革命のだいぶ前に、パリへのぼって文壇や法曹界にデビューしていた。ひとりはシャトレ裁判所の検事の書生（コフィナル）、またほかのひとりは、パリ高等法院の弁護士として採用され、同時に父の後を継ぎヴェルモントンの町で都市駐屯軍司令官の職にあった（メール＝サヴァリー）。ここにはなにか一貫性があり、革命時の高級司法官の特徴がある。ブルジョワ出身、官職、爵位を得ることができる職務。革命は彼らにとって、王政下ですでに何世代か前からもくろんでいた社会的な上昇を、増大して遂行する機会だった。

ジョゼフ・ドンゼ＝ヴェルトゥイユの進路だけがあきらかに独特だった。ナンシーで修練期をすごしたあとイエズス会に入会、一七六八年ロレーヌの修道会が解消されるまで、そこに止まった。だから元イエズス会士が、マリー・アントワネットの裁判官の一人となっていたのだ！　歴史の探求にはこのような驚きがあり、ときに思いもしなかったところへつれていってくれる。ドンゼはこうしてパリにおちついて、モンマルトル女子大修道院の礼拝堂付司祭となり、文壇にくわわる。ほかの元イエズス会士とともにエリ・フレロンの『文学年鑑』にも協力した。フレロンはヴォルテールの大敵で、のちにその息子は国民公会議員となり、ルイ一六世処刑に賛成票を投じる。またドンゼは一七七五年には学術書を出すが、そのタイトルは彼の人生を予感させるような冗談めいたものだ。『死刑を宣告された著名人が最後に感じること』。まず人が言葉を書き、人がそれを発し、それが人を殺す。一〇月一四日、彼は自分がもうすぐギロチン送りにしようとしている女性の最後の感情をどう考えたのだろうか。ドンゼは、三月に革命裁判所が創設されるとすぐ、まずは検事代理、それから判事に任命されたが、それまでのことはよくわからない。そのあいだに司祭職をすてたのだろう。受任通知のなかでは「共和国への偉大な奉仕」「大事業」だけでなく「大きな危険」という言葉も用いている*56。彼はまちがっていなかった。いずれにせよ彼は、マリー・アントワネットの判事のなかでただ一人、司法官職の経験がほとんどなかった。のちにフーキエは、彼にブレスト革命裁判所の検事として、フィニステール県のジロンドによる行政を終わらせるよう厳命し、ドンゼはそれを良心の呵責なく実行するのだが、フーキエは念のために、本書にもすでにちょっと登場した自分の秘書で代理の、片目のボネを同伴させた*57。ボネは痛ましいことに片目がガラスの狂信的な人物で、それがドンゼをよけい不安にさせた。ボネが上司に宛てた未発表の手紙のおかげで、ドンゼについて多少わかることがある。すくなくともいえるのは、その手紙には寛容すぎるという問題はないことだ。ボネによると、元司祭はやる気は満々だが、「自分で考えることができません」し、いつも「しなければならないことと反対のことを」しようともがいている。「彼が手をつけると、事は紛糾してしまう＊58」とも書いている。要するにドンゼは、めまぐるしく変化する政治的緊急事態の迷宮で、道に迷ってしまった学識者といったところだ。とはいえやはり多くの亡命貴族《エミグレ》や、彼が「妨害的、反抗的聖職者たち」とよぶ＊59司祭たちをおそらく自分もかつてその一人だったことを忘れさせるために、処刑台に送ったことを自賛することになる。フーキエへの手紙のなかで、彼は自分をほんとうの「革命的裁判官」たちの仲間に分類しているが、ほかの判事は、当時裁判にほかの形態はなかったため「ギロチン刑執行命令者判事」と署名した。彼らの考えでは両者はほぼ同じ意味なのだ。

ドンゼを除いて、われらの判事たちは、それまでもプロの裁判官としてその力量を示していた。ドゥリエージュは立法議会でマルヌの議員に選ばれ、それからまもなくモンタ一ニュ＝シュル＝エーヌと改名されるサント＝ムヌー郡の裁判所所長をつとめている。コフィナルはジャコバン・クラブのメンバーで、革命初期に創設された破棄院の報告裁判官に、ついで一七九二年、八月一〇日事件の「犯人」を断罪するための最初の特別裁判所（八月一七日）の裁判官の一人となる。彼は昔からフーキエ＝タンヴィエルと親しく、友情で、そしてとくに利益でつながっていた。

アンシャン・レジーム下では、植民地貿易の重要性が知られていたが、それが戦乱、とくにサント＝ドミンゴ（サン＝ドマング）の黒い反乱（ハイチ革命）によってひどく危険にさらされていた。たとえ砂糖の島々における家族の利権を守るためだけであっても、人は革命的でありながら奴隷廃止には反対することも可能だ。のちにナポレオンの警察大臣となるフーシェは、ナントの奴隷船船長かつサント＝ドミンゴの砂糖生息地の地主の息子で、個人の利益と革命参加との矛盾のよい例である。われわれの二人の友の場合も同じで、彼らはとりわけ結婚によって――コフィナルの妻は、父親も兄弟もプランテーション経営者であるジュヌヴィエーヴ・パージュ――今日なら植民地ロビーとでもいうような団体と密接に結びついていた。彼らはまもなく、黒人のための運動をしていた何人かをギロチンに送ったことを非難される。たとえばクロード・ミルセンは彼らを告訴すると脅かしていたために、処刑された[*60]。

コフィナルはジャコバンと非常に近い関係にあったので、ロベスピエールの死後、数日しか生きられなかった。彼は、テルミドール九日（一七九四年七月二七日）の夜、ロベスピエールが国民公会から起訴されたばかりのところを、市庁舎につれていくために自宅に探しに行っていた。また、国民軍司令官で、ロベスピエールのゆるぎない信奉者であり、保安委員会に逮捕拘留されていたアンリオ将軍解放にも貢献していた。ミシュレはこれをコフィナルの「友情の暴力」、と言及している。頑丈な、運命的な、そして熱狂的な、とミシュレはつけくわえる、彼の手が「ロベスピエールを法の避難所からつれだして死のなかに置いた*61」。われわれは続きを知っている。市庁舎は国民公会の軍の襲撃を受け、清廉の士の顎が砕かれる。まるで断頭台に送る前に彼を黙らせたかったかのようだ。元判事コフィナルは、革命裁判所の副所長に昇進したところだった。数日身を隠していたが逮捕されて、八月六日に簡単な人定質問だけで断頭台に上った。前日コンシエルジュリで彼の隣の房にいたフーキエは、彼が一晩中かつての友人たちを恨んで怒鳴りちらすのを聞いたことだろう。

マリー・アントワネット裁判における彼の同僚のなかでも、ひかえめだった者はもう少し運がよかった。ドンゼ＝ヴェルトゥイユは清廉の士の失墜後、ブレストで逮捕されるが、エヴルーの牢獄に移され、その一年後、国民公会が一七九五年一〇月の解散の前に発令した恩赦のおかげで釈放された。ドゥリエージュとメール＝サヴァリーは一七九五年四月、フーキエ＝タンヴィルの法廷に出頭するが、無罪を言い渡される。きっと彼らについてなされた証言が穏やかだったことによって救われたのだ。たしかに、おそろしい職務を遂行したのだが、彼らは人間でいることができた！　忘れないでいただきたい、この時代、恐怖政治のほんとうの責任者とそうでないものを区別するという重い務めを負い、しかも自身を守らなければならないテルミドールの議会のもとでは、裁判の適法性そのものについてはまだ異議が唱えられることはなかった。人々は自分の胸のなかで、裁判で個人的な恨みを晴らした人々や、懈怠があったり、ロベスピエール派の名で共和国を分断するという陰謀をくわだてたりした人々を見分けようとした。

ドゥリエージュとメール＝サヴァリーは指導的な立場になかった。彼らは、失墜後は圧制者といわれるようになったロベスピエールと個人的なつながりがない。彼らはたしかにまちがった側にいたが、悪意はなかった。あのような職務を遂行しながらも、と多くの証人が語る、彼らは公正で誠実な態度を示すことができた！　なんといっても愛国者だった。証人の一人は、ドゥリエージュを猛烈だと思うが——さらに「熱情的な性分」だとも——、だが善良だった、と言う。メール＝サヴァリーについては情にもろいとさえ言う！　彼は裁判を遅らせようとしたり、囚人たちの便宜をはかったりしたようだ。個人的に知っている人々の死刑に賛成の票を入れながら、目に涙を浮かべていた、と別の証人が語っている*[62]。王妃の裁判の日のこの判事の顔がぜひ見たかった！　風評ですでに、彼はほんとうに奇妙な裁判官だということになっていた。革命前、彼がルイ一五世とジャンヌ・フランソワーズ・サヴァリーのかりそめの恋から生まれた子だ、とささやかれていたこともあった。一七四五年のヴェルサイユでのことだ。このやや夢のような話は、かつて彼のために小さな本を書いたことのあるたった一人の歴史家によって語られている[*63]。

この話はここでやめてもよいだろうが、しかしそれにしても驚くべきつながりがある。医者で、宮廷の地位の低い廷臣で、おそらくうわべだけとか打算による夫ではなかったアントワーヌ・メールが、どうやって翌年ブルゴーニュのサント＝パレとヴェルモントンの領主所領とその町の国王補佐官の職を手に入れ、息子が襲職権によってそれを継ぐことができたのか？　母のジャンヌ・フランソワーズは書籍商ギヨーム・サヴァリーの姉妹で、リヨンとブルゴーニュに祖先をもつ家族の出だったが、ルベルまたはル・ベルというパリで同じ職業を営む一家と親しかった。さらに同じ頃、ドミニク・ギヨーム・ルベルという、ルイ一五世の王室衣装係従僕頭が、一七五五年に鹿の苑（ルイ一五世のために作られた娼館）ができる前から国王の快楽のための手配をしていた。もう一人のルベル、ニコラ・フランソワは、それより後の一七六七年にジャンヌ・フランソワーズの姪と結婚した[*64]。彼は革命の少し前、マリー・アントワネットの義理の妹にあたるプロヴァンス伯爵夫人の地理書籍商職にあった。これらすべてが気にかかる。悲劇の歴史のなかでは、ときとして戸棚から出てくる非嫡出子もいるものだ。

人生の暗闇については、いつになっても決着がつくことはないだろう。曖昧模糊と錯綜した人間の秘密を解きほぐすことはできないだろう。何が人を恐怖や卑劣さによって暴力に身をゆだねさせるのか、何が誠意の人をとり返しのつかない流血へ導くのか、わかることはないだろう。悪を理解しようと思ってはいけない、と聖アウグスティヌスがどこかで書いている。それは夜の闇に見ようとし、静寂を聴こうとすることだ。しかしながら、恐怖時代には、運命の不幸なめぐりあわせのようなものがあった。無罪判決の後、ドゥリエージュはサント゠ムヌーの裁判所に復職したが、今度は予備判事としてだった。細々と暮らして、帝政時代の一八〇七年、世を去った。ドンゼ゠ヴェルトゥイユは、消息を絶った。ずっと後になってナンシーにいたのがわかっている。兄弟に引きとられたらしく、聖職者に戻ってそのまま、町の神学校に身を隠してひっそりと暮らしたようだ。いずれにせよ、一八一八年にその土地で死んでいる*65。死亡証明書では、ドンゼとだけあり、名前のあと半分は削除されている。人生の半分を消しさることで、世の中から忘れさられたいと望んだのではないだろうか。

メール゠サヴァリーの最期はもっと驚くべきものだ。パリを離れて、ヴィトーに身を置く。ブルゴーニュ地方のスミュール゠アン゠ノーソワに近い小さな村で、彼の母親が生まれた土地だ。そこで二五年をなかば気がふれた状態で、嫌われ者としてすごす。アル中で、音楽だけに慰めを見出していた。一八二二年のクリスマスの前夜、死んでいるのを発見されるが、そばにはバイオリンがあり、頭は暖炉の灰のなかに埋もれ、顔はまだくすぶりつづけていた炎で焦がされていた。「死因はなんだったろう」と彼の伝記作家は考えをめぐらす。「卒中か、泥酔か、恐怖か、それとも良心の呵責だったのか？[*66]」

これは、その伝記作家が考えて書いたことでしかない。だが、後悔している虐待者たちが共感をよぶことが多かったのは本当だ。だからといって彼らが苦しみから解放されることはないのだが、後悔は彼らをより人間的にする。一九世紀の大作家たちは、恐怖時代の憎悪と暴力の爆発を説明しようと、絶望的なまでの努力をし、そろってこれを専門分野とした。たとえば一八二〇年、シャトーブリアンの友人であるピエール・シモン・バランシュは『名前のない男』を出版した。不運にも、イタリア山地のある人里離れた村で立ち止まらざるをえなくなった旅人が、ある老人のあばら屋に迎えられる話で、その老人のことは、「王殺しの家」に住んでいること以外、だれも名前さえ知らなかった。あとは想像におまかせしよう。七月王政下で、バルザックは悔いた革命家を、恐怖時代の債務を負った人物として、まるで悪魔祓いしたいかのように描いた。またしばしば、短編のなかでそこからエッセンスを引き出しているが、たとえば『恐怖時代の一挿話』では、革命の死刑執行人シャルル・アンリ・サンソンその人を登場させている。一七九三年一月のある夜、王の処刑の翌日、不幸なようすの男が救済を求めて、年老いた宣誓拒否司祭の隠れ家までやってくる。彼の望みに応じて司祭はミサを行なう。「魂の休息のために（…）一人の（…）崇高な人物のために」。その黒服の男の名も、彼の犠牲となった人物の名も名のられないが、読者には作中の主人公より先にそれがだれだかわかった。死刑執行人にとりついていた思い出、汗まみれの顔、担保として司祭に託された受難の王の血がついたハンカチが、彼の良心の呵責を十分に物語っている。違法なミサが進むにつれて、サンソンの上には許し、償い、救済の奇跡が実現した[*67]。これらすべてを信じたいと思う。人間たちのものがたりはもっと平凡だ。試練はつねに人を服従させてしまうわけではない。どんなかたちであろうと、恩寵に身をゆだねることができる力をあたえられることはまれである。ふつうの人生におけるのと同様、恐怖時代にもこうした人々はいた。

＊

革命裁判所にもその貴族階級がいて、平民がいる。彼らは、われわれの歴史の飛び抜けて秘密のことがらだ。彼らの顔を見つけるには、何時間も文書館ですごさなければならない。これから語ろうと思っているのは、王妃の裁判における陪審の一五人の陪審員のことである。グループの肖像を描くのはまったくもって容易ではない。この特異な陪審、アナトール・フランスが言う、この犠牲者を飲みこむ「狂信的な獣」のひとりひとりは、それぞれが自分の軌道をすすんでいたのだが、すべての軌道が革命のもとで交差した。

この一五人は、わたしにルイジ・ピランデルロの戯曲のなかの「『作者を探す』六人の登場人物」を思わせる。最初の頃私は、彼らを前にしていらだっているイタリアの舞台監督役になったような気がした。この芝居では、喪に服した家族が、舞台をうろうろしながら、彼らの悲劇を演じられるようにしてくれる作家を探しているのだ。父親、母親、子どもたちのそれぞれが物語について別の解釈をもっていて、互いに矛盾したことを主張するので、律儀な監督はなにがなんだかわからない。「もし、それぞれの人物がモノローグか（…）いっそ正面切って（…）話しあいの形で、自分のなかでくすぶらせているものを聴衆にさらけ出せれば簡単なんだが」[*68]。監督がしようと思って、できないでいるのは、秘密のままになっている彼らの人生のそれぞれのなかで、ほかの人の人生との関係で不可欠なものを示すことだ。こうすることだけが、彼らの人生をゆがめることなく提示することになるだろう。

たしかに、王妃の陪審員たちの暮らしは、それほどには互いに違っていない。とはいえ彼らの名前を知るべきだろう。歴史家たちは長いあいだ、裁判の原本を調べることなく、不正確なリストを公にしていた。二〇世紀初頭のG・ルノートルとギュスターヴ・ゴートゥロは名前をおろそかにしていた。それぞれの人の職業について誤った情報をあたえたりしている。もっと最近では、革命を専門とする歴史家であるジェラール・ヴァルテールが一九六八年に出した公判記録は非常に不十分で、以前にはなかったまちがいをさらにつけくわえた*69。

一〇月一四日の陪審の基本的な共通点は、もちろん革命支持で、自治区民、活動家でサン・キュロットだ。演説のなかなどではサン・キュロットこそが国民であるようにいわれたが、実際には、彼らはそれほど多くなく、むしろ少数派《マイノリティー》だった。一七八九年のフランスの人口、二六〇〇万人のうちの約五パーセントでしかない。彼らがなにかを代表しているとすれば、それは彼ら自身だ。すでに見たように陪審員たちは、裁判に先立つ数日をかけて検察官によって注意深く選ばれていた。大部分が下層中産階級の職人で、パリの職人組合か同業組合に属している。彼らのうち数人はパリ生まれだが、ほとんどは一七八九年の少し前からパリに定住した人々だ。革命はある部分、この一八世紀後半における社会的混交、パリの職業の変革にも根ざしている。

彼らのうち最初の一人、レオポルド・ルノーダンはヴォージュ県出身で、生まれ故郷のロレーヌを、それがフランスのものになったとき離れた。一七七六年、弦楽器製作の親方に受け入れられ、サン＝トノレ通りにおちついた。王立音楽院の向かいで、一七八一年にはそこの正式資格をもつ納入業者となる。まだ革命前から、彼はシャルル・レオポルド・ニコラを知っていた。同じ地方出身で、ニコラの兄弟も弦楽器の職人だった。ニコラもサン＝トノレ通りに住んで、印刷所を開いた。ルノーダンはまた、王立音楽院のソロのヴィオラ奏者ジャック・ニコラ・リュミエールともつながりがあった。

われわれの陪審員の何人もがすでに店舗をもっていた。ジャン・バティスト・サンバはテブー通りで細密画の彩色のアトリエを経営している。シャルル・ユアン＝デボワソーはサン＝ルイ・アン・イル通りのブロンズ彫金師だ。ジャン・ドゥヴェーズは大工の親方、フランソワ・トランシャールはモンペリエ出身の家具職人、ジョルジュ・ガネはかつら職人、ピエール・フランソワ・バロンは帽子職人だ。シャルル・ニコラ・クレティアンは、姉妹二人とともに、フェイドー通りの未来のテアトル・フランセにすぐ近いヌーヴ・サン・マルク通りの土地を、一七八七年に六五〇〇リーヴルで買いとって、居酒屋（カフェ）を経営していた。ジャン＝ルイ・フィエヴェは商売をしていたようだが、それ以上のことはよくわからない。クロード・ベスナールは法廷執行史だ。その他の人々はどちらかということ、才覚のある中産階級とでもよべそうな階層に属している。ジョゼフ・スーベルビーユについてはすでにちょっととりあげたが、ベアルヌから来て一七七四年パリにおちついた。婦人科医として、すぐに名をあげ、とくに「石（腎結石）の手術」の専門医として、最初市立病院《オテル・デュー》のフェランのもとで勤務し、それからパリの慈善病院で外科部長となった。

陪審員のなかで、純粋に地方人で、一七九三年五月国民公会によって革命裁判所に選出された折にパリへ出てきたのは、フランソワ・トゥーマンだけだ。彼はまもなくマイエンヌ県となるメーヌ州のラセの本部で、たばこの専売品保管販売係員と税理士をしていた。革命の冒頭、ヴィレンヌ＝ラ＝シャペル郡の執行部総代理に選ばれ、年齢ではなく経歴によって、ちょっとした派閥をなした。一七九三年において、まだ二八歳だったクロード・ベスナールをのぞいて、全員が三〇台後半から四〇台前半の壮年期にあった。革命政府は彼らが結婚し、家族や仕事をもって安定した暮らしをしていると判断していた。

だが、革命は彼らの人生を変える。革命には、全員がかなり早い時期からかかわっていた。カフェ経営者クレティアン、印刷屋ニコラ、外科医スーベルビーユは、一七八九年七月一四日、バスティーユに突撃している。彼らは一七九〇年の国民議会の決定によって、きわめて公式に「勝利者」と認定され、パリ市民兵隊ら約九五〇人とともにメダルを授与された。全員が政治クラブ、それからそれぞれのセクションの革命委員会で役員に選ばれている*70。ルノーダンとニコラは、あっというまにジャコバン・クラブのリーダー格の仲間入りをする。ニコラは一七九四年一月、非常に影響力のある通信委員会のメンバーにもなった。

おまけにこれはめずらしい経歴ではない。楽器職人ルノーダンは八月十日の蜂起コミューンのメンバーだった。ヴィオラ奏者のリュミエール、大工のドゥヴェーズ、執行官ベスナールそれから、もっと後に、彫金師デボワソーと、かつら職人ガネはパリのコミューンの理事会にくわわっている。印刷屋ニコラは、国民公会の諸委員会と連携して一七九三年六月に創設された、コミューンの非常に勢力のある監視委員会の積極的正会員だ*71。もっと後の大恐怖時代、家具職人トランシャールは、裁判にかけるべき勾留中の人々のリストを作成する人民委員会のひとつである、博物館の委員会に任命される。革命によって彼らは、アンシャン・レジームの時代には夢見ることさえなかったはずの権力行使の職につくことになった。

それにしても目がくらむような話だ。数カ月のあいだに彼らはとるにたりない平凡な人生から出て、多くの同胞の生死を左右するようになった。一言でいえば、彼らは、いままで複製画でしか見たことがなかったひとりの女性を、いまや救うことも断罪することもできる。彼女が王妃だったころ、彼らとのあいだには途方もない溝があった。マリー・アントワネットの裁判とは、そのようなものでもあったのだ。倦怠と、商売と平凡な暮らしの、特別のもの、近よりがたいもの、あまりに長いあいだ禁じられていた夢への復讐だ。現代イタリアの作家ロベルト・カラッソはそれを「退屈していた人々の最初の成功した蜂起」と言う[*72]。彼はまちがっていない。権力の陶酔は、覚悟をしていなかっただけによけい激しく、彼らをとらえていた可能性が高い。彼らをよく理解しようと思うなら、それも考慮に入れる必要があるだろう。

革命はまた、彼らをいままでよりずっと裕福にした。まず恐怖政府機構において、新しい職務が彼らに受けとらせるものがある。たとえそれが二七〇リーヴルにすぎなくても、裁判所陪審員の報酬として毎月支払われるのだ。カフェ店主クレティアンはさらにもっと運がよかった。自分のセクションの裁判所に、その地区で最初に発見された偽造アシニア貨幣の工場を告発したので、国民公会から一万二〇〇〇リーヴルの報奨金を認められた[*73]。ほかの者たちも、新しい職務のおかげで、自分の事業をふたたび軌道にのせたり、ほかでと破産をのがれたりするチャンスを見つけた。サン・キュロット政権の人脈でも、ほかでと同様、情実による優遇や差別待遇が行なわれていた。八月に陪審員に任命されてすぐ後、彼と同じように美術館セクションに席をもつフルーリオ＝レスコのおかげで、トランシャールは新しい木工細工のアトリエをルーヴル通りに開くことができた。彼は仕事をはじめ、公共の仕事を受注し、法律通達事業所や財務省の改装などを、ときどきはロベスピエールの大家であるモーリス・デュプレと共同で行なった[*74]。印刷屋ニコラも利益を得ていた。革命時ほど仕事があったことはない。最初「山岳派新聞」の印刷を請け負っていたが、その後コミューンの監視委員会に入ってからは、ポスター、回報、報告書などの印刷の独占権を獲得する。戦争大臣ブショットの仕事もした。一七九三年九月に陪審員に任命されると、同業者のクレマンとともに革命裁判所の広報印刷の独占権を分けあった[*75]。彼は印刷工場を同じサン＝トノレ通りだが、もっとゆったりした「旧メゾン・ド・ラ・コンセプシオン」にすえ、一三人の工員を雇ったが、その地主はモーリス・デュプレにほかならなかった。カミーユ・デムーランはジャコバン・クラブで、彼が思いがけない料理を注文したのを皮肉った。「このあいだ［一七九二年］の一月、わたしはまだニコラ氏がゆでたジャガイモを食べているのを見ている。（…）一月にあんなに質素に暮らしていたサン・キュロットが、雪月《ニヴォーズ》［一七九四年一月］になったら、一五万フラン以上の印刷代を革命裁判所から支払われるなんて、信じられるだろうか？　わたしも貴族だから、あやうくギロチンにかけられそうだが、ニコラはあやうく大金持ちになりそうじゃないか。警戒したまえ、ニコラさん、どんなに善意でいても個人的利益はしのびこんでくる」。そして非常に大きな支配力の目もくらむような新しさとしての「権力の誘惑」の危険を警告する[*76]。実際、別の陪審員である執行官クロード・ベスナールは、公共機関での自分の職務を悪用して、横領した動産を自分のものとして転売していたが、裁判所の職務についたおかげで、最後の瞬間に追求をのがれることができた[*77]。

全員が、フーキエかその検事代理たちと個人的なつながりをもっていた。リュミエールは彼の個人秘書だった。トランシャールはフルーリオ＝レスコからと同様、彼から恩恵を受けた。だが、大部分はとくに清廉の士ロベスピエールの勢力園のなかにいた。すでに見たように、スーベルビーユは彼の主治医であり、デュプレの家の常連だった。ロベスピエールは、定期的に彼の助言を求め、潰瘍の治療を受けていた。ルノーダンとリュミエールとトランシャールは彼の「子分」であり、場合によっては彼のためにスパイもした。同様に故郷メーンを出てきていたトゥーマンは、彼の宗教的寛容を喜び、一二月には礼拝の教会を再開した。「国民が必要とすれば、神はあたえられる[*78]」。印刷屋のレオポルド・ニコラは、しっかりと彼の身辺警護にくわわった。決して一人で外出させず、ほかの数人とともに棍棒を手に、ジャコバン・クラブへつきそった。カミーユ・デムーランは、ニコラを「大きくて強い」と言っている。人民陪審のなかでも、彼やクレティアンやトランシャールはがさつな大声で、筋肉質でたくましい。当時「熱い愛国者」とよばれたタイプだ。たとえばクレティアンは、街頭で殴りあいをすることも躊躇しなかった。「人間の権利」の名のもと、自分のセクション（ル・ペルティエ）の集会では支配者として君臨し、おどしをかけ、トランシャールとリュミエールが美術館のセクションでしていたように、拳銃二丁をこれ見よがしにテーブルにおいて、攻撃的な動議を採択させていた*79。自分のカフェに、共和国の守護者協会という常設の庶民的なクラブのようなものを開いていて、そこには九月の「虐殺者たちの首領」という評判をひきずったスタニスラス・マイヤールや、つい最近パリ革命軍の総司令官に昇進したロンサンの参謀本部付きのグラモン、ヴァリエールらの顔がみられた。

彼らはみな本物のサン・キュロットだった。塗装工のサンバは自分を「サン・バでサン・キュロット［長靴下も半ズボンもなし］」とよばせていたし、指物師トランシャールは手紙に「トランシャール、本物の共和主義者」と署名していた。だがそのことが、彼らの意見の相違や対立をとりのぞいてしまうわけではない。彼らのあいだにある不一致は、恐怖政治それ自体にふくまれた不一致だった。トゥーマンはすでに見たように、信仰をすてなかった。トランシャールは、ロベスピエールにならって、至高存在の崇拝にかけてしか誓わず、「自然人」であると自分を定義する。その他のバロン、サンバ、ベスナール、あるいはクレティアンらは、確固たるエベール派で、過激な無神論者かつ非キリスト論者である。それから数カ月して、エベールの星が輝きを失いはじめると、バロンはジャコバン社会から「粛清」され（一七九四年二月）、サンバは投獄される。裁判の迅速化を定めた草月法《プレリアル》（一七九四年六月）が制定され、ロベスピエールの大恐怖政治の時期になると、彼らはみな革命裁判所陪審員のリストからはずされることになる。

彼らの手紙や、のちに彼ら自身が被告人として判事の前に立ったときの発言あるいは記述から、彼らが陪審員の役割をどのようなものと考えていたのか、推測することが可能だ。フランソワ・トランシャールは「陪審という神聖な制度」について語っている。「法律がわたしに言った。君の良心と至高存在だけを考慮して意見を決めなければならない*80」。「わたしは良心にしたがって義務を果たした。わたしは同胞諸君にわたしの裁きを託す」と、マイエンヌ人フランソワ・トゥーマンは説明している。マインツを敵にゆずったという罪を問われたキュスティーヌ将軍の死罪に賛成したところだ。そして、この状況では、将軍が裏切ったかどうかを知るのに、戦術の専門家である必要はない、と言いそえている*81。

多くが、実際、良心があるところを見せている。革命時には「貴族の身分を示すドをとって」アントネルとよばれていたピエール・アントワーヌ・ダントネルは、わたしがまだ言及していなかった一五番目の陪審員で、彼の語っていることは、異議の余地のないもので、もしそれが彼をこれほど多くの同胞を死に送り出すよう導いたのではなかったら、彼の栄誉となるところだ。四七歳で、もとはシュヴァリエ（騎士）の称号をもつ、このグループのなかでいちばん年長で、きっと経験ももっとも豊かだった。一七九三年一〇月一四日、彼のだらしない服装は、ほかの同僚陪審員と対照的だった。背が高く、灰色の目、黒っぽい髪に鷲鼻[*82]。ただひとり、裁判における自分の役割について長く熟慮した点もまた、ほかの陪審員と違う。「陪審員の良心ほど本質的に不可侵のものをわたしは知らない。（…）［それは］自由の生きた聖域である。良心はそこで不滅であり、そこで何ものからも影響を受けてはならない。そこでそこなわれるようなことがあるなら、地上のどこにも安息の場所はない[*83]」

降格した貴族、元アルル市長、立法議会議員そして未来のバブーフ主義者であるアントネルは、自分の名で、判決宣言の理由を公に述べることができる、という陪審員のための権利を擁護している。九月以降、公安委員会は「革命裁判の陪審員は、法廷での判決の理由づけのとき、自分の本来の性格はいっさいすてるべき」という口実のもと、より彼らをコントロールする目的で、それを拒否していた*84。それでもかまわずに、アントネルは自分の判決理由を公にする。あまりに自由なふるまいに、一七九四年二月、陪審の任務から降ろされ、次いでリュクサンブール監獄に投獄されて、ロベスピエールの失脚までそこを出ることができなかった。

よくあったことだが、陪審員がずっと後になってから、自己弁護のためにのみ語った良心もある。だが当面は、内戦にも似た危機的状況にあって、共和国存続はそれがどうなるかにかかっていた。革命裁判においては、自分がやられないために相手をたたきのめすことが肝要だった。そのことについては、やはり陪審員をしていた、ドーフィネ出身のもう一人の貴族で、ロベスピエールの、支持者のなかの支持者、クロード・フランソワ・ド・ペイヤン通称ペイヤンが、大恐怖時代に友人に書いた手紙でだれよりも的確に表現している。「わたしは長いこと革命裁判所のメンバーとなっているが、その立場から、裁判官や陪審員たちの言動について少し意見を述べるべきだと思う」。そしてこの法廷がアンシャン・レジームの裁判機関とも革命の裁判機関ともかかわりがなく、例外の裁判所であるという。それは「政治裁判なのだ。（…）革命に賛成でなかったすべての人々は、革命に反する人々でもある、なぜなら彼らは祖国のために何ひとつしていない。（…）。国家の正義をのがれるものはみな極悪人で、いつの日か共和主義者を死に追いやるかもしれないのだ、共和主義者を救わなければならない。人々は裁判官に対してくりかえす、気をつけたまえ、無実の人々を救うのだ、と。だが、わたしは祖国の名において彼らに言う、罪ある者を見逃すことをおそれろ、と!」続けて彼は友人に、自分が思いやりのある人間に生まれついたことは忘れなさい、と忠告する。「人民委員会においては、個人の人間性や正義の名にかこつけての手加減は犯罪なのだ*85」。殺されないために殺す。これがメッセージである。暴力が吹き荒れた時代にはいつも、自分たちの罪を正当化するため、人々は正当防衛の後ろに隠れたものだ。

*

この文脈で見れば、われわれの陪審員のときとして情け容赦ないまでの熱意、恣意的であること、決断を急ぐことがより理解しやすい。のちに、ロベスピエールの失墜後の彼ら自身の裁判において、人々は彼らを非難する機会を逃さない。恐怖時代によくいわれた「いきすぎた熱意が祖国愛のために彼らを動かす」は、もう通用しない。家具職人トランシャールは、「冷血漢」の発言をくりかえしていたが、彼が有罪と認めるためにはだれかが起訴されるだけで足りる、だがまったく無実の被告人の場合は、断罪する理由を見つけなければならないので途方にくれたと告白し、訴訟の手続きがのんびりしすぎていると感じた、などとも言っている[*86]。ガネは死刑にしか票を入れなかったことを自慢していたが、彼が陪審員だったあいだ、無実の人間はひとりもいなかったと言いわけする。クレティアンは刑の宣告、とくに裕福な人々に対しての宣告を楽しんだ。そのような人々については、裁判所は一つの石で二度打った。彼らをやっかいばらいし、ついでに財産を没収したのだ[*87]。医師であるスーベルビーユは、女性たちが処刑をのがれるためにした、妊娠中であるとの嘘の申告を見つけては、気の毒にもさっさとギロチンに送ることにかけてならぶものがなかった。

一〇月一四日、確固たる信念とともにおそれも胸に、王妃の前にいる彼らを想像してみなければならない。おそれは悪しき助言者である。それは幸運と同様に、人をエゴイストにする。人はその虜になったがために、不都合を感じずに暴力をふるうことができるのだ。それはまっすぐに過激とエスカレートにつながる。人は、自分のことと自分自身が生きのびることにあまりに一生懸命なとき、他人を哀れむことができない。こうした理由と、さらに別のいくつかの理由とで、フーキエは彼らをあてにしていた。そこに「信頼できる味方」がいた。クレティアンは証人尋問の前から、王妃の有罪を決めていた[*88]。トランシヤールは被告人について、善きサン・キュロットたちと同じことを言う。彼女は「共和国の大部分を貪り食ったどう猛な獣だ[*89]」。彼の裁断がどんなものかは見当がつく。医師ジヨゼフ・スーベルビーユは、四〇年後にも、意見を変えることはなかった。王妃は死に値した。しかも「落度」があったのではなく「犯罪」を犯したのだ、とさえ言う。だが彼は年をとった、時代も変わった。いまなら、と友人に打ち明ける、きっと王妃を断罪することはなかっただろう、と[*90]。

陪審員の全員がこうしたゆるぎない意見をもてたわけではない。陪審員補の一人だったフランソワ・ジェモンは、王政復古期になってから、元国民公会司法大臣ガラの息子である娘婿に、マリー・アントワネットの死刑に賛成票を投じた、と非難されて、自分は陪審に参加していなかったことを証明しようと、激しく抵抗した。ガラ親子を裁判所につれていき、公証人の前で自分の無実を証明する書類にサインをすることまでした。一八二二年当時における、この種の噂はたいへんな痛手である。帝政期にフーシェの庇護を受けたジェモンは、このあいだに新聞社の裕福なオーナーとなり、当時のリベラルな大新聞「コンスティチューショネル」の株式をかなりもつようになっていたので、なおさらだった[*91]。

結局、この人々はみな、誠実であろうと不実であろうと、卑怯で暴力的であろうと、情にもろくてやさしかろうと、ほかの人々よりよいとか悪いとかいうことはない。潔白であることは、しばしば幸運あるいは天の恵みであって、まちがいなく美徳ではない。アナトール・フランスは『神々は渇く』のなかで彼らをすばらしく巧みに描いてみせた。「彼らは熱に浮かされ、過重な労働からくる半睡状態のなか、外部の興奮、支配者からの命令、傍聴席や裁判所の構内へおしよせるサン・キュロットやトリコットゥーズらの威嚇のもと、狂信的な証言と血迷った論告にもとづいて判断していた。悪臭のする空気のなかでは頭も鈍り、耳鳴りはするし、こめかみはずきずきするし、目は充血していた[*92]」

おそらく人がある出来事をほんとうに体験するには、身体で感じるしかないのだろう。それがこの王妃裁判のおそろしい二日間に、彼らに起こったことだったにちがいない。革命の情熱に打ちこんでいたミシュレは、彼らを勇敢で、むこうみずですらある人々なのだと評し、彼らは「もっとも危険な職」にあった、と言っている。考えてみたまえ！「ル・ペルティエの血はまだ湯気を立てている」と。しかし、裏切り者や、容疑者や、反革命とされた人々の、だれひとりとして彼らを刺し殺そうとはしなかった。たしかにそんなことは起こらなかった。彼らのうちの多くが革命を生きのびないで、裁判の数カ月後には死んでいるが、それは彼らが仲間内でしたことだった。彼らは互いに殺しあった。そのためにほかの人々を必要としなかった。分派同士の争いで足りた。ニコラ、リュミエール、ベスナール、デボワソーはロベスピエールと同じ日か、その数日後に断頭台に上った。彼らは生きのびるには彼に近すぎ、テルミドール九日の市庁舎における蜂起や、ジャコバンにかかわりすぎていた。デボワソーは、保安委員会につかまっていたアンリオ将軍解放のとき、コフィナルと一緒だった*93。楽器職人レオポルド・ルノーダンは、翌年死に追いつかれてしまった。フーキエ＝タンヴィルとともに裁かれ、有罪となって、彼とともに一七九五年五月にギロチンにかけられたのだ。

同じ裁判で、トランシャール、クレティアン、ガネは奇跡的に無罪となった。だが、だからといって自由ではなかった。数カ月のあいだ、トランシャールはレ・ザングレーズ、サント＝ペラージュ、ル・プレシスといったパリの牢獄のほとんどすべてをあじわい、一七九五年一〇月になってはじめて釈放される。ガネはその少し前の七月に釈放されている。

それから彼らの身の上は、総裁政府時代のジャコバン主義の最後の急なゆれと入り混じる。ドゥヴェーズとサンバはテロの扇動者として警察に追われる身となり、前者はテルミドールの反動のなかにあった一七九五年二月に、後者は一七九六年五月に弾劾を宣言されプレシスの監獄に収監された*94。アントネルとクレティアンはグラキュース・バブーフ［フランソワ・ノエル・バブーフと同じ］の陰謀に加担し、ヴァンドームにおいて裁判に付され、後者は欠席判決だったが、一七九七年五月最終的にふたりとも無罪放免となった。

クレティアンはそれでもおちつくことなく、自分のカフェをネオジャコバンのマネージュ・クラブの支部に変え、最後には、一八〇〇年一二月のナポレオンに対するサン＝ニケーズ通りでのテロで、流刑になった。一八〇二年三月、インド洋の真ん中の大コモロ島沖で生涯を終える。

もっとうまく危機を脱したのは、ほとんど全員が、フーシェのうしろだてがあった人々だ。トランシャールは彼の密偵として働いた。サンバは彼の仲間に入って、御用達の画家となった[*95]。帽子屋のバロンとかつら屋のガネ、そして大工のドゥヴェーズについてはどうなったかわからない。フィエヴェはおそらくもとの商売に戻った。トゥーマンは賢明にもマイエンヌに帰り、おまけにエベール派の旧友たちを密告した。アントネルは一八一七年に死亡している。彼は、アルルに引退して豊かに暮らしたが王党派には迫害された。

もっとも驚くべきなのは、というのももっともしぶとかったからだが、ロベスピエールの主治医だったジョゼフ・スーベルビーユである。彼は外科医としての確固たる評判を武器に、すべての体制を生きのびる。マルスの士官学校（旧陸軍士官学校《エコール・ミリテール》）の衛生局の長に任命され、次には国民軍の主任外科医、それから帝政時代はパリ憲兵隊付きの外科医となった。一八一四年ブルボン家が戻ってくると、すばやく姿を隠そうとすることもなく、憲兵隊の首脳陣とともに、遠慮なくテュイルリーの王の前に参内した。彼の名前を聞いて、マリー・アントワネットの娘、タンプル塔のただひとりの生き残りであるアングレーム公爵夫人は気を失った。一八三〇年オルレアン公ルイ・フィリップが七月革命で権力をにぎると、彼はふたたびテュイルリーへ、バスティーユの勝利者の代表団の長として参内した。しかし彼は、新王の父であるフィリップ・平等公《エガリテ》を断頭台に送っている。とにかく、一八〇八年にはレジオンドヌール勲章を拒否された。一八一四年になるとすべての公職を解任され、一八三〇年代にも王立医学アカデミー入りを果たすにはいたらなかったが、仕事は続けた。彼の胆石手術の名声は非常に高く、国内の各地はもちろん、イギリスまでも招聘された。

スーベルビーユは、一八四六年パリのロワイヤル［国王の］通り（これはでっちあげではなくほんとうのことである）で、ついに戦う気力を失ったかのように世を去った。九〇歳を超えていた。彼は革命が命を奪わなかった、非常にまれな人々の一人だった。フランソワ・ジェラールが一八一九年に彼の肖像を描いている。知的なまなざしをした、裕福なブルジョワの、善良そうな感じのよいようす、黒いコートに白いタイを首の非常に高い位置で巻いている*96。顔がその人の凶暴性を何も語らないことがよくある。スーベルビーユは、マリー・アントワネットの陪審員のなかで、ただ一人銀板写真を残した。おそらく死の少し前に、写真家トランカールによって撮影されたのだろう。ここでは、非常に老いて、人生のたそがれにある弱々しい姿となっている。だがあいかわらずバスティーユの勝利者の勲章を誇らしげにつけている。彼の若い友人であったプーミエ医師によると、スーベルビーユは最後まで共和主義とロベスピエールへの友情に忠実だったという。旧王国の牢獄、バスティーユの石をフリジア帽の装飾のあるマホガニーの箱に大切にいれて、自宅に保管していた。彼は最後の証言者だった。かならずしも典型的な証言者ではなかったにしても。スーベルビーユが死んだとき、王妃の死から五三年がたっていた*97。

第三幕

被告人

　尋問がはじまったとき、マリー・アントワネットの裁判は、まだその初日だった。審議は避けて通ることのできないカウントダウンのように、生きるのに残された時間との追い抜きレース《パシュート》のように続く。それは、よく彼女が耐える力を見つけられたものだ、と思うほど長い時間だ。一四日、最初の審議が午前九時にはじまり、午後三時まで続いた。休廷のあと、証人尋問や取調べが五時から夜の一一時までふたたび行なわれる。四一人の証人のうち一七人はすでに出廷していた。翌日、試練はさらに長い。同じ審議が朝から午後三時まで、夕方五時にはじまった公判は翌日の一〇月一六日午前四時まで続いた。最後の証人たちの尋問が行なわれたあとは、弁護士の弁論、検事の論告求刑が終わると、裁判長がこのうえなく偏った審理の要約をした。それから陪審員たちに、彼らの意見を表明すべき事項について質問した。陪審員たちが討議をするための休廷時間はほんの少ししかなかったが、彼らが討議をしていたこの深夜は、おそらくマリー・アントワネットの生涯でもっとも長く、もっとも暗い夜だったろう。そして午前四時少し前に判決がくだった。命のための二八時間以上にわたる闘い、全員対ひとりの、おそらく彼女がそれまでに立ち向かったなかでもっとも敵意に満ちた集団を相手にした、精神と同時に肉体の闘いだった。

　わたしは最近、重罪院の裁判を傍聴した。性犯罪にかんする風俗事件だった。次席検事は八年の求刑しかしなかったが、懲役二〇年も可能な事案だった。尋問のあいだ神経をとがらせていた両当事者が、やがて徐々に疲労困憊していくのがわかった。表情の消えた顔、がっくりとたれた頭、質問、くりかえし、重苦しさ、沈黙。まずなにより沈黙、ほとんど手でふれられそうな、厚く、重く、超えることのできないガラスの壁のような沈黙が原告人と被告人をへだてている［フランスでは犯罪被害者であると主張する者は、加害者に損害賠償を求める私訴原告人として訴訟当事者となれる］。双方とも、ほとんどふれることができそうなのに、声をかけることも、相手の話を聞くことも、理解しあうこともできない。壊れてしまった人生の沈黙だ。

彼らはそこに、同じ時間に同じ場所にいるのだが、同時に何も見えず、何も聞こえない決定的に別の世界にいる。自分の殻にこもった人々の、苦しみと、対立する確信の裁判だった。こうしたことすべてが、わたしにマリー・アントワネット裁判のことを思わせた。たとえ彼女については、前もって断罪されているという悲しい特権があったとしても、たとえわたしの目の前にあるのが、彼女が経験したであろうことの、状況も時代も遠く離れたほのかな反映でしかないとしても、それでも響きあうものが聞こえ、空気や雰囲気の相似が感じられるように思われた。また、わたしはそれ以前にも似た印象をもったことがある。突然特別な状況に直面して、自分ではどうすることもできない事のなりゆきに、当惑し、打ちのめされてさえいるごくふつうの人々のことだ。そして、傍聴した裁判とマリー・アントワネットの裁判には性質による類似もみられた。証拠も目撃者もＤＮＡもなく、疑いと個人的な信念があるだけで、判決はほんの空気のひとそよぎにかかっているのに、どんな判決がなされてもだれひとりとして慰められることがないような裁判だ。よく考えてみると、のちほど見ることになるが、マリー・アントワネットも性的犯罪についての裁判を受けたのだった。彼女の裁判は、歴史的にこのジャンルにおけるはじめての裁判でもあった。

＊

遠い昔は印象があり、そのあとには印象のなごりがとどまるが、これはごくわずかであるうえに壊れやすい。あきらかに政治的な理由で歪曲されていないまでも、書きなおされ、修正されているので、判読はよりいっそうむずかしい。革命のドクサもほかと同様、検閲をかける。自分とあいいれないものはなんであろうとそのままにしない。もう一度いうが、それに続く日々にあちこちで出版された裁判の傍聴の報告は、実際にそうであったことを反映しているのにはきっとほど遠い。手書きの、未発表の傍聴メモが国立公文書館の鉄のキャビネットに保管されているが、こちらのほうがおそらくより真実に近いだろう。現場で書かれそのままの状態でおかれているからだが、王妃の反応についての言及は少ししかない。おそらく飛びかうすばやい尋問に驚いて、それを記したひとは被告人の答えを、証人たちの発言と合わせて、ノートの余白に非常に手短に書くことになったのだろう。それはこんな描写となる。「カペー未亡人は、夫が一七八九年六月二三日に、憲法議会での演説を彼女に読んで聞かせたことを自白した」「カペー未亡人は、ラ・ファイエットにオラトリオの国王精鋭部隊を解散させる命令をしたことはない、と主張した[*1]」「マリー・アントワネットはあくまでも債権の話を否定した」。だがこのような応答の後ろにはたしかにひとりの女性がいる。

手に入れることができる資料が少なく、しかも書きなおされているにもかかわらず、ところどころでその女性の存在を感じて驚かされる。彼女を打ち負かし、屈服させていたにちがいない、病気や誹謗や侮辱や隔離や牢獄に、彼女はまったく傷ついていないかのようだ。二日のあいだ、自分自身と、苦痛と、そしてもちろん彼女を裁く人々への軽蔑をみごとに抑制することができている。マリー・アントワネットは、前日、国民公会に宛てて裁判の開始に数日の猶予を願う手紙を書くことを、弁護士に対してこばみとおした。一九七一年一〇月の手紙で、彼女が「邪悪のかたまり、愚か者、けだもの」[*2]などとよんだような連中に何も頼みたくはなかったからだ。

丸二日を超えるこのあいだに、彼女が答えなかった質問はひとつとしてなく、しかけられた罠をひとつ残らずくつがえした。質問した者に対して、名前や日付の誤りを聞きとがめ、修正し、訂正した。非常に注意深く、だれかをまきぞえにすることを避けた。目の前に現れる証人たちの何人かについては、彼らのほうが不意打ちをくらって、共謀罪で起訴されるおそれがあることを、的確に承知していた。勇気とつつしみと節度をもってことにあたった。無実のか弱い女性としての彼女の擁護者であるゴンクール兄弟やピエール・ド・ノラックが、やさしく言うだろうことを、わたしは信じない*3。必要なときには、彼女は眉一つ動かさずに嘘をつく。彼女は夫がその裁判でしたことと、まったく反対のことをした。自分を弁護したのだ。彼女がその返答の妥当性と適切さで示した政治的センスには、感嘆の念さえ覚える。

彼女は、ほぼ一日中ろうそくが灯った法廷の薄暗がりのなかにいる。不満をもらすこともなく、裁判長エルマンの、フーキエの、陪審員の、延々と続く質問にしたがって、おちついて、冷静に、正確に答えていく。裁判官たちがどんな風に、どんな口調で質問したのかは何もわからないが、マノン・ロラン（ロラン夫人）のおかげで少し想像してみることができる。ジロンド派の前内務大臣の妻で、何日か後に同じ人々の尋問を受けることになった彼女は「一一月八日裁判、同日処刑される」、彼らのことを、獲物を前にした肉食獣にたとえた。彼らは、とマノンは死の直前の手記のなかに書いている、「重罪人を相手にしていると信じこみ、罪を認めさせようと躍起になっている人々の思いこみと敵意をもってふるまっていた*4」。

＊

テーブルの向こうに座ったマリー・アントワネットの判事たちは、地位があたえてくれる権威を利用して、彼女の返答が気に入らないときは黙らせ、逆に自分たちの聞きたいことを自白させようとした。すくなくともいえるのは、彼らに想像力が欠けてはいないことだ。あらゆること、あることないことなんでも訊いた。たとえば「議員たちの半分を殺させようと思ったことはないか？　以前、アルトワ（義弟のアルトワ伯）とともに議会を爆破しようとしなかったか？」質問がばかげていればいるほど――そうであることが多かったが――彼女は自信をもった。エルマンが彼女の犯罪にいつまでもこだわっていると、「わたしは否認しようとしているのではありません。わたしがこれまでお話ししたことも、これから先お話しすることも真実なのです[*5]」と言った。また、判事たちの頭のなかではあやつり人形となっていた、夫国王への影響を自白させようとすると、こう言った「なにかをするように助言することと、実際にそれを遂行することはまったく違います[*6]」。ときとして、質問があまりにばかげていると、たとえば、国王の軍隊をアマゾネスのように率い、ベルトに拳銃をつけ、兵士たちに酒を飲ませていたなどという話には、彼女は答えない。「お答えすることはありません」。あるいは、その頃亡命先のオーストリアで捕虜として獄中にあったラ・ファイエットとの共謀をどうしても認めさせたがったときも同じだった。

このような不合理な質問を前にした彼女の怒りに満ちた沈黙を想像できる。彼女はこのいわゆる「両世界の英雄」を、革命のおもな責任者だとみていたからだ。ラ・ファイエットこそが、パリの国民衛兵隊の司令官として、一七八九年一〇月五日から六日にかけてのヴェルサイユ行進の便宜をはかり、それがうまくいくように彼らのなすにまかせた、と考えていた。一年後に彼女を国王と引き離そうとし、不倫を国民公会で追及する、とおどして離婚を迫ったのも彼だ。彼が貴族であるだけによけい許しがたい。彼はテュイルリーにおいて彼女の厳しい監視役だった。彼女は彼を怪物、あるいは側近にならって「悪党」とみなし、一七九二年七月に彼が遅ればせながら、国王とともに彼女を救おうとしたとき、きっぱりと拒否した*7。

休廷のあいだに、彼女は弁護士のショヴォー＝ラガルドに、自分の言ったことや言い方について、どうだったかたずねた。「答えるとき偉そうではなかったでしょうか?」最後まで人に気に入られようとしているのが感じられる。たとえ外国人としてフランス人に裁かれようとしているのであっても、自分がフランス人であることを見せたいと願う。あたかも彼女のなかでは、彼女をフランスの王妃にして、全国民を体現する聖なる権力をあたえた、見えない糸が切れていないかのようだった。したがって彼女が自分を弁護したのは、女性としてより君主としてということがずっと大きかったのだ。一〇月一二日に非公開で、オーストリアへの送金について尋問されたとき、彼女はこのような答えをしている。「わたしに不利なそのようことがよく言われているのは知っています。けれどわたしは夫を愛していますから、その国費をむだづかいすることはいたしません。兄はフランスの金を必要としていませんでしたし、わたしをフランスに結びつけている道徳的規範からしても、兄にお金を渡すようなことはしておりません*8」。王をふたたび王位につかせるためにヴァレンヌ逃亡事件をくわだてた、ととがめられると、「王位につく必要はありません、王位にあるのですから。ふたりともフランスの幸運しか、フランスが幸せであることだけしか望んだことはありません*9」。そして、国民をだまそうとしたと非難すると、「ええ、国民はだまされました。ひどくだまされました。けれどわたしの夫にでも、わたしにでもなく、そうする利益のあった人々によってです」と答えた*10。
「モニトゥール」紙［一七九九年から政府官報となった議会の議事新聞］に書かれたことや、英雄伝的な噂は、またたくまに彼女の信奉者たちによってヨーロッパ中に広がった。公判が開始される前からすでに、九月初頭コンシエルジュリの独房で尋問を行なったアマールに対して、彼女がこのような輝かしい返答をしたとされた。「あなた方はわたしを虐待することも命を奪うこともできますが、裁くことは決してできません*11」。しかしながら、裁かれることを拒否しなかった。裁判官たちを拒絶しなかった。いったい彼女にそれができただろうか？　彼女は挑戦に応じて、戦うことを決意した。

のちになって、王妃の弁護士は、この肉体と言葉の闘いについて残した文章のなかで、彼女を「知的でゆるぎない精神の女性」としている。だが、彼が自分の依頼者を批判するのはむずかしかっただろう、回想録を出版したのは王政復古の時期だったからなおさらである。それから、彼女の称賛者たちが、彼女の特質に感嘆してやまないことになる。聖女とはしないまでも、名誉回復の試みは裁判にもおよんだ。彼らの意図ははっきりしていた。

彼女を殉教者に仕立て上げたいのだった。第二帝政の時代、マリー・アントワネットにささげた非常に美化した伝記のなかで、ジュールとエドモン・ド・ゴンクールの兄弟は、彼女を「見事なまでに辛抱強く冷静だった」と描写している[*12]。この点で彼らに反対するのはむずかしい。ジャコバン派でさえ彼女に、裁判官たちを「ぐらつかせ」「説得し」「敵対心をうしなわせよう」と努力する「本能的なエネルギー」を認めざるをえなかった[*13]。わたしかに逆境のなかで実力以上の力を発揮し、不幸のなかで自分を高めることができた女性を感じさせる。死刑を宣告された人々の、敗北を認めず、あくまでも生きようとする、本能にとりつかれたような粘り強さと共通するものがあるかもしれない。頭を水に漬けられて、そのまま押さえつけられていても、彼女はまだ全力で呼吸をしようと抵抗する。弁護士は、王妃が何度も希望の徴を見せ、死が避けがたいことを信じようとしなかった、と証言している。こうした態度を理解するのに、さまざまな説明が可能だろう。だが、わたしにほかのどれをも凌駕してみえるのは、彼女が肉体的、精神的能力と知性と感情を十二分に発揮して、自分をコントロールすることにおいてなみなみならぬところまでたどり着いたということである。

＊

彼女はそのとき、自分が到達したところを意識していただろうか？　彼女は遠くから帰ってきた。マリー・アントワネットが少女のころ、母親のマリア・テレジアがとがめていたように、軽率で、軽薄で、気まぐれだったとはわたしには思えない。いずれにせよ、ただそれだけの人物ではなかったということだ。またシュテファン・ツヴァイクが一九三二年に彼女にささげた本のなかで描き、そのあと大勢の作家がそれにならったような、平凡な女性でもなかった。もちろん、熱狂的な信奉者たちが、一九世紀の終わるころわれわれに伝授した教理のいうような聖女でもない。彼女が直面した尋常ならぬ状況——結婚、祖国を離れたこと、革命、恐怖政治——が彼女を根底からくつがえし、ある意味、なるべきものになることを強いた。今日のわれわれの、なんにでも病名をつけて治療するという、人生を病理学ではじめて、治療で終わるのを望むような強迫観念のなかにあっては、彼女について、心的外傷後ストレス障害を語ることになるだろう。人格形成のしかた、性格のゆがみ、気詰まりな生活での性格の整合性の破綻、そして不運が彼女を早い時期から通常の道から離した。そのことに気づくには彼女の手紙を非常に注意深く読まなければならない。彼女の人生は最初から特別だった。やはりマリア・テレジアの娘なのだ。オーストリア皇女として生まれたうえに、世界でもっとも力のある国のひとつの王妃となった。ふつうの暮らしをした王妃だっているじゃないか、という反論もあるだろう。彼女の場合は違う！　君主としての人生の一瞬ごとに、彼女はときに不十分、ときに過剰に君主であることを選んだ。それは、女性であるよりまず王妃だった。つまり、その気質によって、その確信によって、そしてその恐怖するところによっても特異な女性だったのだ。

フランスの宮廷に到着して、彼女の確信ははじめて砕けさった。姉妹のなかで選ばれて「ヨーロッパでいちばん美しい国」に君臨することになったのを誇りに思っていたが、がっかりだった。ヴェルサイユの策略と陰謀としきたりの世界に引き渡され、愛情のない、無口で無骨で、不器用で冷淡な夫に放っておかれ、指導してくれる人もなく、もはや自分が守られていないのを感じる。彼女の結婚のフランス側の責任者であり、助けることができたかもしれないショワズール公爵は、彼女の到着から数カ月後、失脚して宮廷を去った。夫は留守ばかりで、彼女に話しかけることもない。母親になる必要があったが、そうなるのは一七七八年、結婚から八年後のことだった。彼女がそのことを屈辱と感じ、悲痛な思いで生きていたことを、わたしは一瞬たりとも疑わない。故郷のシェーンブルン宮殿でのような、素朴で、愛情に満ちた、みなに囲まれた家庭生活を考えていたが、地獄をみつけた。

宮廷は彼女にとって、あっというまに束縛と野心と罠と退屈と嘘の世界となった。それは年寄りの世界で、彼女は若かった。それは硬直した世界で、彼女は悲しいこと、かたくるしいこと、陰気なことを好まなかった。エチケット（宮廷儀礼）という王室の女性たち、とくに外国から来た女性たちを、厳しく教育する仕組みが彼女を打ちのめした。自分の本性に逆らい、自分を否定し、影絵芝居の一人物となることを自分に強いた。長いことかけてやっと理解した。王は彼女なしでは無力であること、子どもが生まれるかどうかにかかっているこの大建造物をいっしょに維持するには、慣習、儀式、威信がすべてであり、それは謎と恐怖だった。彼女はまだ若すぎて、深く考えることもなくわらっていたたい年頃だった。「わたしはあまりに若く、あまりに思慮がありませんでした」と、のちになって母親への手紙に書く。宮廷については、「細かい窮屈なしくみ」と貪欲や仮面しか見なかった。彼女と同じようにドイツ人で、ラ・プランセス・パラティーヌとよばれ、一六七一年にオルレアン公と結婚したエリザベート・ド・バヴィエールが、ルイ一四世の治世に同じ経験をしていた。「ここへ来てから、醜いことを見るのに慣れてしまったので、この宮廷のように欺瞞が支配しているのでない、嘘が優遇されたり、認められたりしているのはないところへ行けたら、天国を見つけたかと思うでしょう*14」

ヴェルサイユ、それがあるがままの世界の範囲で、子ども時代の夢は壊れてしまってもうない。ヴァレリー・ラルボーはその作品のなかで、作家の分身である若いアルゼンチンの資産家A・O・バーナブースの教育のようすをずっと追うのだが、このある年齢から別の年齢への移行と、そこで別れを告げることになる幻覚について同じようなことを言っている。「若者はすっかりできあがった尺度、自分のものさしをもって学校を卒業した。そして腹をたてた。ものごとは、あくまで彼の尺度より大きいか小さいかだったたから。現実は彼にそのものさしを一〇に、必要なら一〇〇にも、一〇〇〇にも分けることを教える。こんな風にわたしの戦争がわたしを成熟させたのだ[*15]」。ヴェルサイユ、それも戦争だったが、マリー・アントワネットは戦う用意ができていなかった。彼女は自分自身を疑っている。信頼することができない。マリア・テレジアの大使メルシー＝アルジャントーに、大勢の人の真ん中で困っていること、人々に会うのが怖いこと、知らない人と話すのは気が進まないことなどを書きつづっている。迷惑な人やしつこい人に譲歩したのは、むしろ彼らを避けるためだった。抵抗するのは高くつく。気に入らないこと、あるいはむずかしすぎたりややこしすぎたりするようにみえることを一瞬でも考えるのが嫌だった。それが虚栄と見せかけの「この国のわずらわしさです」と彼女は言っている。彼女は孤独でいっぱいだった。ときにはそれしかなかった。「わたしの経験からわかりますが、家族と離れて暮らすことがどんなに辛いことか」と母親に宛てて書いているが[*16]、わたしにはその辛さがはっきりと感じられる。

親しい土地を離れること、それは自分の身体を後ろに残すことだ。実際、一七七〇年ストラスブールで彼女に強制された特異な通過の儀式は、それまで着ていたオーストリア皇女の服をぬがせて裸にし、新しい王太子妃の身分にふさわしい服を着せるとき、奇妙な寓意の物語のような音を立てた。彼女が通過する少し前、ゲーテもそこを訪れている。ライン川の中州に、この儀式のためのテントが建てられていた。そこにはイアソンの物語の一連のタピスリーが飾られていたが、もっとも大きい一枚には、イアソンとコリントス王クレオンの娘グラウケとの結婚と、イアソンに離縁されたメディアのおそろしい復讐が描かれていた。炎に包まれた宮廷、のどをかき切られた子どもたち。「かつて行なわれたうちもっともおぞましい結婚式」とゲーテはコメントしている。まるで人々が、一四歳のうら若い皇女を「世にもおそろしい光景」の前に送りこむことを望んだかのようだった*17。

懐かしい土地を離れること、それは心の一部を置きざりにすることでもある。ヴェルサイユで、マリー・アントワネットは幸福ではなかった。リーニュ公は、そのことについて、パリのオペラ座での仮面舞踏会へはじめて気晴らしに行ったときのことを、胸を刺すような言葉で語っている。「彼女はそこにいて、ほかの場所より幸福ということはなかったといえる。なぜなら最高の存在であっても、男のなかでもっとも醜く、もっともうんざりするような男と結婚した日からはじまって、完全に幸福な日を送っているのを見たことがないからだ[*18]」。メルシーでさえも、彼女がよく「悲しそうなとき」があると言って、それを「王太子殿下の理解しがたいふるまいのせい」だ、と説明している。

一日に二言三言しか声をかけず、不器用でぎくしゃくしていて、狩猟にしか興味がなく、部屋も別にするような人物を相手にどうすればいいのだろう。王座につくと、公務に没頭して、王となった王太子はさらに留守勝ちになった。一七七八年一二月の最初の娘の誕生のあとも、自分だけで寝ることをやめたわけではなかった。王は、弟のプロヴァンス公と同様非常に太った。ある日彼女は「かわいそうな方」と手紙に書いて、母の眉をひそめさせた。手紙で生理的な嫌悪感を語ることはしにくかったが、感じていたのは確かで、いつもふたりのそりが悪い理由をならべたが、それはほとんどすべての面にわたっていた。あまりに無口で、鈍くて、ぱっとしない、「あまりに無感動で内気すぎる」。彼女は夫の「きっちりしているところ」ととくにぶっきらぼうな態度をばかにしていたし、それにいらだってもいた。ある日王が侍女たちに対して、ふだんより愛想がよかったことがあったが、彼女は手厳しい指摘をした。「育ちの悪い子どもにしては、陛下はみなさんにまともなごあいさつができたのではありませんか[19]」。ある友人にははっきりこう言った。「わたしの趣味は王のとは違う、狩りと機械いじりしかなさらないのだもの。わたしが鍛冶仕事に向いていないのはご存知でしょう[20]」。要するに、夫にうんざりしていた。彼女の朗読者で、心を許した相手でもあるヴェルモン神父は直截に、彼女は王を愛していない、そして王があのような人である以上致し方ない、と言っている[21]。

＊

彼女は幸福ではない、そしてとうとう自分自身にも疑いをいだき、愛せなくなってしまう。これはまちがいないサインだ。気に入った画家を探すときが来ていた。一七七八年にエリザベート・ヴィジェ＝ルブランに最初の肖像画を描いてもらうまでは、どの絵も気に入らなかった。母への手紙で不満をこぼしつづけていた。とても自分とは思えない肖像ばかりだった。一七七四年一〇月「わたしの似姿が描ける画家がまだ見つからないのは、わたしにとって残念なことです」。それから一カ月後の一一月、「画家たちにはがっかりさせられます。(…)たったいま、私の肖像画をもってきた人がいますが、全然似ていないので追いはらいました[22]」。似顔絵のなかに見つけることができなかった自然の調和、心と感情と外見との調和を自分のなかにも長いあいだ探していた。他人の視線のなかに、友人とのくつろぎのなかに、気兼ねのないとりまきの気軽さのなかに探した。この見地からみると、彼女の人生の大部分は前へ逃げつづけることに似ている。彼女は逃げることで自由を手に入れようと熱烈に望んでいた。ヴェルサイユからトリアノンへ、トリアノンからパリへ、だが、まずのがれたかったのは、自分自身から、退屈から、苦悩から、懐疑からだった。こうした満たされない欲望があちこちにみられる。高ぶって鋭敏になった感受性に、気に入られたいという極端なまでの願望に――「最初の王太子の遊び友だちだった」マダム・ド・ボワーニュは彼女の「気に入られたいという大きすぎる願望」に言及している――ゲームへの熱中に、自分をよく見せたいという情熱に、モードへの激しい欲求に。モード商ローズ・ベルタンも髪結いレオナールも、彼女の人生が不完全で、彼女がそれを自分で知っていたからこそ存在したのだ。いまも昔も、靴や帽子や品物を強迫的に買い集めるわれわれの消費癖は、空の箱をいっぱいにするのにしか役立たないが、家のなかを不要なものでいっぱいにするのは、亡霊を追い出すためにほかならない。だが同時に、彼女は自分の好みをはっきりと主張することで、自分自身をはっきり示した。最近出たマルク・フマロリによるエリザベート・ヴィジェ＝ルブランについての本のタイトルを使わせていただくと彼女は「ムンドゥス・ムリエブリス（女の世界）」の女王だった[*23]。

この「女の世界」という避難所から、ある種の様式やスタイル、トリアノンの酔狂、ランブイエの搾乳所、滝、洞窟、洗練、霊感、驚き、自然、廃墟の記憶が生まれた。これらは女性の望むものであったが、哲学者気どりや信心深い人々の顰蹙をかい、アテネよりローマやスパルタ好む男性的道徳観を説く人々を怒らせた。

すべてがこの幸福のはかない照り返しに収束した。一七八四年にスウェーデン王グスタフ三世のためにトリアノンで催した「ギリシア風の」夕べ、ランブイエの搾乳所、エリザベート・ヴィジェ＝ルブランによる「ゴール・ドレス」（ガリア風のシュミーズ・ドレス）の肖像画、画家のユベール・ロベールやラグルネ、建築家のリシャール・ミクやジャン＝ジャック・テヴナンらによる景観と廃墟、ジョルジュ・ジャコブの椅子、ジャン・アンリ・リースネールの家具。ぜいたくなものはシンプルになる。究極の洗練の先には究極の優雅さがある。このパラドックスにおいて、「オーストリア女」はかつてなくフランス人だった。当時はほとんどだれもそのことに気づいていなかったが、ヴェルモン神父の言葉を借りれば、「彼女はフランス人の色調とセンスを横取りした*24」。結局、今日われわれが「フランス的なセンス」というとき、それはマリー・アントワネットのことなのだ。プティ・トリアノンを、一七八〇年代の人々が揶揄をこめてよんでいたように「プティ・ウィーン」とよぼうなどとは、いまやだれも思わないだろう。

この夢の王国への後退、トリアノンや一七八四年に王から贈られたサン＝クルーの親しみ深くやさしい理想郷への退却もまた逃走の一つの方法だった。人は彼女が権力を貪欲に望み、その行使をつねに求めてやまなかったとするが、むしろ彼女は長いこと権力をこばんできた、おそれていたからだ。のちに王妃の信頼を得ることになるラ・マルク伯爵は、「王妃は大臣の選任にはかかわらないようはっきりと距離をおいていらした」と言っている。彼女は少し前から王妃になったので、権力に復帰したいショワズール公爵のたえまない懇願に対処しなければならなかったのだ*25。「政務のことを少し聞いただけで、むずかしくてわずらわしいということがわかります」。一七七四年七月、母親への手紙に書いている*26。まだ王太子の婚約者だったウィーンのマリー・アントワネットのもとへ、ショワズールによって派遣されたヴェルモン神父は、それ以来ずっと彼女についていたので彼女をよく知っていたが、「主義としても関心としても」政治にはうといと言っている*27。

オーストリア側では、がっかりして、たえず不満をもらした。人は彼女を無遠慮に「支払いをしぶる人」とよんだ*28。投資をするようにして彼女をパリへ送りこんだのに、見返りがないというのだ。王妃は、自分の生まれた国の利益のために働くことをしぶっている、と人は思った。メルシーは一七八三年に、王妃は政治のことが「ほとんどわかっていないし、重大さを推測することもできない」のだ、と彼女を弁護するかのように、首相カウニッツ大公に書いている[*29]。だがそれは知性の問題ではなく、慎重さの問題だった。彼女にはあえてまきこまれようとするには、フランスとオーストリアのあいだの自分の立場のもろさを知りすぎていた。とくに一七五六年のフランスとオーストリアの防御同盟が決裂した場合の自分におよぶ危険を考えた。彼女はその一種の人質であり、担保だったからだ。一七八四年にエスコーの危機とよばれた事態が発生し、オーストリアがあやうくオランダと戦争をはじめそうになり、フランス政府がそれを阻止するために介入しそうになったとき、彼女は兄のヨーゼフ二世に向けてはっきり言った。「もしこの致命的な不和の種を封じこめることができなかったら、わたしの立場はどうなるでしょうか？[*30]」彼女はただ二国間にある紛争をおさめようとしただけで、まちがいなく、影響力をもとうと思ったり、兄の利益をはかったりしようとしたのではない。当時海軍大臣だったカストリ侯爵に、兄の野心的な見解がヨーロッパの平和を乱すようなら、自分がまっさきに非難するだろう、と打ち明けている[*31]。

夫である国王も、彼女に自分や大臣の政務に口を出すことを奨励せず、革命が起こるまでは、つねにその権力を自分だけのものにしておこうと気づかっているように見えた。教育によって、性格によってそして祖父への愛妾たちの影響の記憶から、女性の策略の力を警戒していた。すでに王には「国政のどんなことも女性にはさせない意思」があった、と言っている[*32]。ルイ一六世の相談役であったヴェリ神父は一七七四年、即位したばかりで自尊心が高く、生まれつき寡黙で、気難しく、頑固なところを見せた。「王は性格的に口数がとても少ない」と、マリー・アントワネットは指摘し、さらに「おしゃべりができない」と評価している。さらに「生まれつき警戒心が強い」とも。一七八四年のヨーゼフ二世にあてた手紙のなかで「ですからじつのところ、政治のことには、わたしはほとんど影響力がありません[*33]」と続けている。そしてのちに、革命の前夜、メルシー＝アルジャントーには「わたしは結局ナンバーツーでしかなく、（王は）しょっちゅうそのことをわたしに感じさせます[*34]」と書く。大臣たち、モールパやとくに一七八〇年代外務を担当していたヴェルジェンヌは、王にならって、まったく同じように協力的でないところを見せた。

結局、王妃が権力の現実に向きあい、夫とならんで自分の役割を引き受けざるをえなくなったのは、彼女の人生を革命が襲ったからだった。だからといって政治的になったわけではないが、いまがどんなときであるかを理解し、緊急性や危険性を察知した。五月の三部会開催から、ヴェルサイユを出てテュイルリーへ移らなければならなくなったおそろしい一〇月までの数カ月のあいだに、マリー・アントワネットとルイ一六世は彼らの存在理由を構成していたもの、王と王妃としてのアイデンティティーの基礎となっていたもの、神聖性と支配権、臣民の敬愛が、魔法にかかったように消えるのを見た。国民議会は彼らから権力を奪いとり、以後は怒りと憎悪しか示さなくなった。数週間のうちに、彼らはなにもかも失う。統治権、政府、軍隊、宮殿、そして習慣や取巻きも。守りのなくなった宮殿の扉はあらゆる風を受けてばたばたと鳴った。これらすべてを王夫妻が真の苦痛として味わったことはまちがいない。「苦しみ」という言葉が、この時期のマリー・アントワネットの書簡にくりかえし現れる。彼女の考えでは、王の権威が最悪の損害を受けていた。それは「それは卑しめられた」。ルイ一六世に仕えた軍人、外交官で「日記」を残したボンベル侯爵は、この精神的な死について、肉体の死よりはるかに過酷だと言っている。

＊

マリー・アントワネットの人生における最初の激動の象徴的な場面は、思えば一七七〇年五月のストラスブールだった。一七八九年には、彼女の悲嘆はムードン城における長男の王太子ルイ＝ジョゼフ・ド・フランスの病苦と死に集中する。数年前から肺結核に侵されていたが、六月四日大きな発作が起こって、それをのりこえることができなかったのだ。七歳半だった。マリー・アントワネットが子どもを失ったのは、これがはじめてではなかったが、いちばんひ弱だったためもっともかわいがっていて、この子にすべての希望をかけていた。一七七九年と一七八三年一一月の二度、流産し、一七八七年六月には、生後一一カ月の次女ソフィー・ベアトリスを亡くしている。一七七八年一二月に生まれて、「ムスリーヌ」とよばれていた長女マダム・ロワイヤルと、公式に王太子となった一七八五年三月生まれの次男ルイ＝シャルル、ノルマンディ公だけが残った。早くも息子に襲いかかろうとしている運命の攻撃をはらいのけるかのように、マリー・アントワネットはルイ＝シャルルを「大事なおちびさん《シュー・ダムール》」とよんだ。これがタンプル塔に幽閉されていた、裁判で問題にされることになる子どもである。

　最初の王太子の死を悼む儀式が六月七日ヴェルサイユで行なわれる。それは奇妙にも王政終焉の序幕に似ていた。夜間に心臓がヴァル・ド・グラース修道院に移され、遺体は王家の墓所であるサン＝ドニ大聖堂に運ばれる。ヴェルサイユでは宮廷中の人々が正式の喪服に身を包み、列をなして王妃の前を進んだ。「これほど悲痛で胸を打つものはなかった」と、その場に列席していたボンベルが記している。「王妃はご自分の部屋のバルコニーで、黒服の侍女たちにつきそわれて、全宮廷がいわば行列を作ってゆっくりと進みながら弔意を表するのを受けられたが、涙で息をつまらせないよう自分を制していらした*35」。王妃は頭から足元までおおう長い黒レースのベールを着けていた。永別のシーン。このおそろしい六月、家族の悲嘆と政治の猛威と、すべてがもつれあった。マリー・アントワネットは、いまや「夢想の季節がすぎさった」のを知った*36。

だが、立ち向かったのは彼女だけだった。王は徐々にセーヌ川の溺死体に似てきた。一八八〇年代、人はそれらを引き上げて型をとったものだが、なかば呆然としたような彼らの顔は、ときに不可解なメランコリーの表情を浮かべていた。一七八七年のヴェルジェンヌの死で、王ははじめて自分を見失った。それまではルイ一三世と同様、やむをえず宰相制と名づけられた特殊なシステムのなかで偉大な国王だった。そのシステムは君主と、国務諮問会議で実力者としてふるまえる、特別に選ばれたひとりの大臣との幸運な関係の上に成り立つ。ルイ一三世にはリシュリューが、ルイ一六世にはモールパ、ついでヴェルジェンヌがいた。外務を担当していたヴェルジェンヌが他界したあとは、もはや重きをなす人物がいなくなり、たがいに矛盾したことを言いあうばかりとなった。大臣が次から次へと交替した。カロンヌ、ロメニー・ド・ブリエンヌ司教、スイスの銀行家ネッケル、ブルトゥイユ男爵、そして再度ネッケル。彼らとともに見解も変わり、政策も国民に抵抗したり譲歩したりとゆれうごいた。まさにこのとき、一七八八年五月のこのゆれの時期になってはじめて、全国三部会招集についての審議の際、王妃が国務諮問会議に出席した。彼女は、すでに個人的に宮廷費の削減に手をつけていた。ロメニーが、次いでネッケルが諮問会議に入ったのは王妃の口ぞえがあったからだった。

革命は、信頼すべき人物を失い、不安定でもろくなっている時期のルイ一六世を襲った。少しずつさまざまなことを試したのち、彼はすぐにあきらめた。たとえばイギリス人のマンロー・プライスのような歴史家たちは、王がその頃深いうつ状態におちいっていたために、適切な行動をとることができなくなっていたのではないか、とさえ思わせるようなことを述べている[*37]。

マリー・アントワネットの侍女のひとりだったカンパン夫人は、ヴァレンヌの失敗のあと、王が一週間以上だれに対しても口をきかなかったと書きとめている。王を狼狽させたのはなにより、そのとき起こったことがいままでになかった出来事だった、ということだった。のちになって王自身言っている。「弱気だとか決断力がないと非難されていることは承知だ。だが、かつてだれもわたしのような立場に立ったことはないのだ」[*38]。マリー・アントワネットはすぐにそうした変化に気づいていた。「王はいつものごようすと違います」と一七八八年手紙に書いている[*39]。王の優柔不断を示唆するのに、王妃がメルシーに送った一七九一年八月の手紙以上のものはない。「わたしがどなたのことを言っているかお察しと存じます。その人物は、すっかり納得したとばかり思った瞬間、ちょっとした一言や理屈を聞いて、それまで考えてもいなかったようなことを言い出すのです」[*40]。たいていの場合、マリー・アントワネットが、王のことを「善良すぎる」と評するときは[*41]、恥ずかしげで遠慮がちだった。アンシャン・レジーム下の宮廷では、王の「善良さ」は一般的に弱さを非難することだったからである。

＊

人々は、王の無気力を言い立てる一方で――一部のように軽蔑をふくんで「まったくの役立たず[*42]」といわないまでも――王妃の反応に驚いた。一七八九年一〇月、王一家のテュイルリーへの強制的移転の数日後、当時パリ高等法院の若い裁判官だったエティエンヌ・ドゥニ・パスキエはその対照に強い印象を受けた。「王の顔にはあきらめのようなものがきざまれていた。(…)だが、王妃の苦しみにはなにかもっと力強くて、憤りのようなものが見てとれた」[*43]。側近がさらに言っている。王妃は「国王陛下よりもっとずっと痛切に事態を受けとめておられた」。ミラボーの友人で、王妃の仕事をかなりしていたラ・マルクは彼女の「決断の速さ」と「意志の強さ」をたたえている[*44]。

夫の最後の三年間の不安定な統治のあいだにおける、王妃がパリで演じた重要な役割に異議をとなえるものはいない。それまで、彼女はルイ一六世のことを「わたしの上にいる人」と言っていたが、これよりあとは「隣」または「そばにいる人」となる[*45]。立場の変化は、ときとしてその人をどんな風に言うかに隠れている。彼女はせっせと手紙を書き、多くの問いあわせをし、ラ・マルク伯爵やモンテスキュー神父、ルイ神父、その他の非常に大勢の助言者に囲まれた。ブリュッセルには、よいときも悪いときも「古キツネ」メルシーがいた。なかでもスウェーデンの伯爵、アクセル・フォン・フェルセンは不可欠の存在だった。一七九〇年ミラボーがひそかに会って助言をしたのは、王よりむしろ王妃のほうである。国民議会の傑出した議員のひとりバルナーヴがヴァレンヌ逃亡のあと翌年まで、定期的に政治的な内容の書簡をやりとりした相手も王妃だった[*46]。モンモランのように、王妃が同席しないかぎり王に会おうとしない大臣もいた。一七九一年八月、王妃はメルシーに書いている。「できる範囲で、両側の人々から意見を聞いています。そして彼らの意見全部から自分の意見を組み立てるようにしています」*47。メルシーが指摘しているように「すべては彼女から発信されていた」。

マリー・アントワネットは身をさらすようになった。はじめて、第一線に立ち、機密費やヨーロッパ全土に派遣されている諜報員の情報網を自由に使えることになった。人の話に耳を傾けること、感じたことを表に出さないことを学んだ。以前は感じるままに、反応を隠すすべを少しも知らなかったので、彼女が怒ると、王妃が「赤くなった」といわれた。それをチャーミングだという人々もいたが、危険だと感じる人々もいた。これから先、彼女は仮面をつける。

戦時にあっては隠すことが必要であり、彼女はがまんするようになる。はじめてものごとに立ち向かい、逃げるのをあきらめる。いままでおそれていたもの、男性の権力や政治の陰険な策略と向きあうことを決意する。革命と王の沈黙が彼女をそこに導いたのだが、そのとき彼女が守ろうとした陣営はすでに敗北していた。以後彼女は自分を抑えること、ときに、それまで自分の性格にも気質にもなかった、不明瞭で表裏のある役割を演じることを習得する。「ときどきは、自分とさえ意見が一致しないことがあって、話しているのはほんとうにわたしかしらと考えてみなければならないことがあります*48」

どれだけ周到な段取りと根気と巧妙な方法で、会話が聞かれないように、手紙が見つからないように守ったことだろう。ジャコバン派が彼女の書類を見つけることができなかったのは、このせいでもあった。アクセル・フォン・フェルセンについてはあとで見ていくことになるが、彼女はすでに暗号の使い方を心得ていて、すくなくとも彼に送った手紙、すくなくとも一七八七年以降の手紙は暗号化されていた[*49]。だから、経験があったのだ。しかし、革命がはじまると、送りだす手紙の暗号化、受けとった手紙の解読、固有名詞のリスト、乱数表、ページ数がキーワードに対応する書物の規模は、小さな工場か実験室に似た様相を呈し、秘書のフランソワ・ゴグラや侍女頭だったジャンヌ・カンパンは一日中それにかかりきりとなった。「王妃様と外国の方との書簡は数字化されていました」とカンパンは語る。「わたしはそれを文字に戻すお手伝いをしていました。そして王妃が数字化なさった手紙の正確な写しを作ることを何度もしました。わたしには何が書かれているか、一言もわかりませんでしたが[*50]」。そして王妃自身も「書きすぎて疲れています。いままでこんな仕事はしたことがありませんでしたから」と言うほどだった[*51]。もっともよく使ったのは、ベルナルダン・ド・サン＝ピエールの『ポールとヴィルジー』の、ある一つの版だったが、通信によって、別のものに変えた。あぶり出しインクやレモンで余白に書くこともあった。二重の封筒を使い、帽子や、ビスケットの缶や、お茶やチョコレートの袋に隠し、秘密を守れる住所を使い、架空の名前を捏造して、手がかりをつかまれないようにした。ある種の書類については必要なら燃やしてしまう。その他の書類は信頼できる友人宅に隠した。一七九一年九月、王妃は兄に宛てて書いている。「今日は人を締め出しましたから、部屋で自由にできます[*52]」。四六時中見張られているのを知っていたので、陰謀家のような二重生活を送っていて、夜になるとテュイルリーの衛兵に見つからないよう秘密の通路から助言者たちを迎え入れていた。信頼できる友人たちにも最大の慎重さが要求された。パリのロシア代理大使シモラン男爵は、ある夜、王妃が寝室の戸外に通じるドアに手ずから「かんぬきをかける」のを見た[*53]。忠実な召使の何人かは、ときに命懸けで手紙の配達を引き受けていた。たとえば、給仕長だったルイ・ジョルジュ・ググノは一七九四年四月、秘密をかかえたまま断頭台に上った[*54]。しかし、フランソワ・ゴグラやシュヴァリエ・ド・ジャルジェのように、一七九三年四月までパリにとどまったにもかかわらず、難をのがれた人々もいる。

王妃がかつてないほど決然としていたとはいえ、これは弱者の賭けだった。これもこの女性のパラドックスである。男性の舞台に上る用意ができていなかっただけでなく、夢にも思っていなかったのが、突然　決心したのは、好きでするのでなく、ましてや犠牲の精神によってでもなく、自己保存本能と同時に義務——この言葉は、彼女の手紙に何度も現れる——と信念からだった。おそらく騎士道精神もあっただろう。彼女の人格にはそのような面もあったことを忘れてはならない。かつて臣下が領主にしたように、彼女に絶対的に従ってくれる人々の献身に、感じ入っていた。何人かは逮捕されたが、釈放されるとまた彼女のもとに戻って、離れるのをこばんだ。「人々の心の上に君臨するのに、王妃は王冠を必要としません[*55]」。彼女は彼らに給金を配分し、指輪をあたえたが、それがのちに秘密の手紙を隠す役に立つことになる。旧友エステルハージーに宛てては、べっ甲と金でできた指輪を送ったが、それには銘が彫ってあった。「Domine salvum fac regem et reginam」(ドミネ・セルウム・ファク・レゲム・エト・レギナム——神が王と王妃をお守りくださるように)。わたしはイギリス人クウェンティン・クロフォードが一七九二年四月、パリを離れるまぎわに彼女にゆだねたインタリオ(沈み彫りの宝石)のことも考える。それにはオリーブの枝をくわえた鷲が彫ってあった。そしてクロフォードは、王妃の部屋の薄暗がりのなかだったにもかかわらず、最後に見た彼女の顔をいつまでも忘れなかった[*56]。こうしたことはみな、もはや子どもの遊びではなかった。気まぐれでもなかった。命にかかわる問題だった。宮廷に来た初めのころとちがって、こんどはまちがえない。もはや自分自身と折りあうことを求めない。それにおそらく、このとき以降、それはできていた。ありのままの世界が彼女に追いつき、彼女がそれを回避することはもうない。

＊

結局、彼女は大義を守ることを選んだ。それまで、これがそれ程まで当然に見えるとは、一度も思ったことがなかったのに。その大義とは神権君主制であり、遠い昔から続いてきた王の権利であり、息子の権利だった。そのために彼女は、非常に陰険なものまでふくむあらゆる手段を使って、王をもともとの権力の具象化への道を探った。不運のなかで、王を重要な使命に、国民と一体になるよう選ばれた者の、神秘的で神聖な運命に導こうと試みた。彼女が擁護した絶対主義は、彼女が革命を理解できないように、もちろん革命には理解されない。王自身は「王国基本法」の維持に意を用いていた。彼の権力は絶対的ではなく、聖職者、貴族、平民の三身分と無数の集合体に、分裂とはいわないまでも分化された社会の「正義、公正、自由」によって緩和されることになる。早くも一七八九年八月、王妃は友人ヨランド・ド・ポリニャックに言っている。王のしあわせは、そしてひいては王妃と子どもたちのしあわせは、「もっとも大きいものからもっとも小さいものまで」全面的に臣民のしあわせのなかにある＊57。そうした面をきわだたせることで、のちに一種、王権の過激な政治活動家ともいわれるようになる。おそらくそのことが玉座や祭壇に懐かしさを覚える人々をあれだけ長く魅惑しつづけたのだろう。ルイ・マシニョン［二〇世紀前半の高名なフランス人イスラム学者」は、一九五〇年代なかばに書いたマリー・アントワネットについてのエッセーで、はっきりと彼女を「剣のように張りつめた純粋な思想に仕えた聖なる反乱分子*58」としている。そして実際、彼女は最後の息を引きとるまで、王家の権利を擁護した。彼女にとっては、一七九三年一月二一日に息子の統治がはじまっていた。「前王の死亡とともに王権は引き継がれる。国王崩御、国王万歳！」もし運命がもう少し好意的だったら、彼女は摂政の権利を熱く主張しただろう。もっとも裁判では、そうしたことすべてが断罪された。エベールと一〇月一五日に検察側の証言をした靴職人シモンは、彼女がタンプル塔で息子を国王として扱ったこと、息子を立てて道をゆずったこと、食卓で座布団つきの上席に座らせたことを非難した。

この王妃の燃えるような時代錯誤は、当然に人をいらだたせるものを隠していた。まず彼女の頑迷さ、今何が起こっているのかについての無理解。何も見ていなかったのはもちろん彼女だけではない。フランスの大部分は、この革命が押しつける旧体制を白紙に戻す政策、統治権の王から人民への乱暴な転換、それと同時にそれぞれの位置の転換が起こったことに憤慨していた。彼女の執着がほかの人々より強かったのは、おそらく旧世界にしっかり根を下ろした王妃という役割にあったから、ということで釈明できる。彼女は革命のなかに国王と国民のあいだの誤解しか見ず、それを裏切り者たちが助長させているのだと思っていた。革命は、なんらかの策略かおそるべき陰謀の結果起こったことで、「破壊分子と気のふれた人々の集まり」の行為でしかないと考えていた*59。

彼女から見れば、国民はひきずりこまれたのだ。反対に革命の側から見れば、陰謀の中心にいるのは彼女だった。この見地からは、ロジェ・カイヨワが想像力についてのエッセーで、蛸の幻想について語っていることは、ジャコバン派が彼女のことを、神秘の邪悪な権力に包まれていると見ていた仕方に完全に一致する。「蜘蛛は獲物を捕らえようと張った罠の中心にいる。蛸はそれ自体が罠なのだ！」

パスカルのよく知られた警句がある。「ピレネーのこちら側での真実は、向こう側での誤り」。彼女の裁判はこの悲劇的な誤解のなかにあり、必要とあらば、人はいつでもだれかの裏切り者になることができるし、逆もまたしかりだ、ということを証明している。裏切りは、タレーランが一八一四年一〇月にウィーンでロシア皇帝アレクサンドルに巧妙に言ったように、たんなる履行期限の問題ではない。ある意識同士が精神的にも感覚的にも相容れなくなり、互いに突然理解不能となることでもある。

王位を守るため、マリー・アントワネットはひとつの政策を実行に移すが、それは一七五六年のフランスとオーストリアの同盟を前提とするものだった。革命に対し、国民議会に対し、彼女が当然のこととして「実現不可能な一連のたわごと」であると考えていた憲法[*60]に対して、時間稼ぎをしようと、同盟国に助けを求めたのだ。一七九一年六月のモンメディへの逃亡の際にも、彼らの資金と能力に頼った。王はブイエ将軍の部隊の保護のもと、行動の自由をとりもどせるはずだった。しかし彼らの忠実に疑いをもっていたので、神聖ローマ皇帝レーオポルト二世に一万から一万二〇〇〇人のオーストリア部隊をフランスとの国境に近いリュクサンブールに集結させるよう依頼した。アルザスかフランシュ＝コンテへ進軍できるスイス兵の部隊を雇うためにブルトゥイユ男爵とボンベル侯爵がベルンに派遣されていた。ブリュッセルへ、ウィーンへ、マドリードへ、スウェーデン王へ、「初期費用」にあてる一五〇〇万リーブルを集めるために手紙を書いていた。

ヴァレンヌでの王一家逮捕のあと、マリー・アントワネットの努力のすべては、フランクフルトやアーヘンにおけるヨーロッパの君主たちの「軍事同盟」の組織のほうへ移る。国民議会に畏怖の念をあたえ、国王と譲歩させようと思ったのだ。失敗だった。長いあいだ、妥当にも、彼女は外国の軍隊がフランス国内に入ることには反対しつづけた。理由を兄に説明している。「そのことがわたしたちをおそろしい危険にさらすことになるでしょう」、そして王の地位をさらに弱めるだろう[*61]。最後の瞬間になってやっと、フランスがオーストリアと戦争に突入し、テュイルリーが直接的に脅かされるようになってはじめて、ブラウンシュヴァイク公爵の部隊がパリに入ることを、もうそれしか望みがないので、家族の命を救う最後の手段として望もうという決断がついた。さらには「ここで受けたあらゆる侮辱」に報復したい気持ちもあった*62。

彼女の悲劇は、自分の側にも過激派をかかえていたことだった。革命と戦うだけでなく、敵意に満ちた姻族や、貴族の一部で形成された不穏な亡命者たちとも戦わなければならなかったことだ。彼らはライン川の国境地帯で徐々に脅威を高めていた。コブレンツの、亡命貴族を支援していた大司教トレーヴ選挙侯の居所で、義弟のアルトワ伯とプロヴァンス伯がルイ一六世に反旗をひるがえした。のちにルイ一八世となるプロヴァンス伯は、王一家のヴァレンヌ逃亡失敗後、摂政宣言さえしていた。亡命貴族の一部は、権利と特権の上に座って、かれらを指揮するコンデ公の背後に集まり、いらいらして地団駄をふみ、王国の残っている部分に力ずくで戻りたいと望んでいた。マリー・アントワネットは、義弟たちの計画を阻止するためにあらゆる手段をつくす。彼女はこの一族内の新しい戦争の危険をすぐに察した。もしそれが起これば、王にとって、すでにかなり弱まっている支配力がさらに弱まるだけでなく、国全体のまとまりにとって危険だった。

人はひとつのシステムに固執する可能性があり、実際われわれは皆多かれ少なかれそうなっているのだが、それでいて知性も明晰さもそれほど失わずにいることができる。それを納得するには、一七九一年九月三日付で彼女がこの件について兄のレーオポルトに宛てた覚書を読むべきだ。同じ考えのくりかえしにすぎない。王は唯一の「正当な権威」です。亡命貴族たちを阻止してください。内戦も外国との戦争もいけません。「亡命者のあいだで、彼ら自身は気づいていませんが、利害を同じくする集団という精神が形成されていることに目をつむるわけにはいきません。(…)もしそれが、彼らが自分の国へ帰ることができる法律とは別の、報復への渇望をともなっているなら、彼らは自分たちを動かしたのと同じ怒りを民衆に起こさせるでしょう。憎しみはいつも相互的なもので、外国の軍隊が介入すれば、内戦も起こるでしょう[*63]」。戦争は男の気晴らしである。マリー・アントワネットがそれを好きだったことはない。

こうした画策はすべて、ついに亡命貴族たちに知られるにいたる。ライン川の向こうでも、ほとんどパリでと同じくらいマリー・アントワネットは憎まれた。ヴァレンヌ逃亡のあとパリまで随行し、彼女の運命に心を痛めていた穏健派の議会リーダーのひとりであるバルナーヴと関係をもったという噂が捏造され、王妃は王と自分の地位を貶めたと非難された。宮廷の一部とともに、ヴェルサイユの古い怨恨もコブレンツへ移されていたらしい。そして王妃のほうも、同じものを彼らにしっかりと返す。

これらすべてが、裁判において、もちろん乱暴に変形され、あるいはゆがめられて登場する。フーキエ＝タンヴィルと判事たちは、やはり自分たちのシステムに閉じこもっているため、王妃が何を望まれていたかも、王妃が何を望んでいたかも、理解することができないし、ましてや認めることはできなかった。彼らは彼女の賭けの複雑さを見て見ぬふりをする、そもそもおそらく気にかけてもいなかったにちがいない。彼らは自分たちの幻想の確実性に安住することのほうを、相反する判断に悩んで厳しい省察をすることより好んだのだ。たえずもちだされる復讐というものが、決して満たされることがなく、恐怖政治の裁判の中心にあった。当然のことながら、それはマリー・アントワネットの裁判にもひそかにやってきていた。復讐心といっしょに妬みが、それに続いて憎しみも。それは失恋の傷痕のようなものだろうか。いずれにせよだれの心を慰めることもない。復讐心には何も見えないし何も聞こえない、手探りで、見つかったものすべてから養分を吸収して、満足することがない。

＊

マリー・アントワネットの裁判官たちは、政治の面だけでやめておくこともできた。だが、証拠がなかったからだ。彼らが王妃を起訴したのは、この女性を侮辱したかったからだ。彼らの頭のなかでは、マリー・アントワネットの権力行使への度を越えた主張と思えるものは、彼女の極端な精神の堕落によっておのずから説明できることになる。ここでもまた、妄想がしぶとく生き残っていて、遠い過去までさかのぼる。いつものように、最初の非難は一七七〇年代の宮廷からはじまる。人は、王太子妃で、それから王妃だった彼女のわがままや気ままな行動や逸脱を許さなかった。ボンベルが「若いころの騒々しい趣味」、といったものの代償を払わせようとした。男たちが正装で入場を許可され、彼女の小部屋のテーブルで夜食をとり、女たちはなんでも笑いの種にして、踊りまくり、楽しみ放題だった王妃のサークルは、多くの人にとって侮辱と受けとられた。手放しで愉快なときもあった。リーニュが、長い二本の羽を両脇にたらして愛《アムール》に扮し、大声で「お楽しみ！　お楽しみ！」［当時人気だったファヴァールのオペラ・コミックから］と叫ぶ前ぶれをともなって登場したのも、彼女がいなければありえないことだった*64。

王妃を非難する最初のパンフレットを書かせたのは、嫉妬していた人々や、仲間からはずされた人々だった。わずらわしいと思う人々を決してないがしろにしていてはいけない、彼らは深い憎しみをいだいた執拗な敵となりうるからだ。拒絶は見逃されるとしても、侮辱は許されない。彼女は、ある夏の朝、夜が明けるのを見たくてマルリー庭園の丘へ行ったことがあったが、それが夜間ヴェルサイユの茂みでだれかと逢い引きをしたことになった[*65]。オペラ座の舞踏会へ、ほぼひとりで仮面をつけて出かけると、愛人がいることになる。友人たち――ポリニャック公爵夫人、ドサン伯爵夫人、ランバル公妃――に囲まれてゆっくりすごすのが好きだったが、同性愛の関係にあるとされる。王と同衾しないのは、ほかの男たち、とくに義理の弟で、王妃のサークルの一員でもあった、非常に魅力的なアルトワ伯と寝ているからだ、という。あっというまに、王妃の愛人たちの驚くべきリストがパリ中をかけめぐった。

このような状況では、フランス宮廷司祭ロアン枢機卿が、ラ・モット伯爵夫人と名のる女が率いる詐欺グループの罠にかかったとき、人々がこのぜいたく好みであまりにもうぶなフランス宮廷司祭長と王妃との関係を信じたのも意外ではない。宝石商ベーマーとバサンジュの伝説的なダイヤモンドの首飾りは、ロアンの仲介により王妃のにせの署名のある手形とひきかえに王妃の手にわたったはずだった。ところがそれがロンドンで売りに出されているのが発覚するのだが、そうした事実も、愛人たち、同性愛、香水、金、宝石であくことなき欲望をみたす貪欲な王妃の黒い伝説をふくらますだけのことだった。不運な枢機卿の公開裁判、一七八六年五月の無罪判決、最初から最後までこの話を想像さえしていなかったと思われるマリー・アントワネットの無実に向けられた疑い、それらが獲物の分け前をあたえる合図となった。やはり、あのオーストリア女はとんでもない売女だ。

というのも首飾り事件のほんとうのスキャンダルは、ある一つの場面に関係し、それはあきらかに性的なものだったからだ。教会の第一人者ロアンはラ・モットにだまされて、王妃に扮した女優で売春婦のニコル・ルゲと夜のヴェルサイユの庭園で密会するのだが、その折に王家の人物のおかすことのできないはずの神聖性と、宗教にはらわれるべき尊敬を同時にそこなってしまった。やがて、枢機卿が犯した不敬罪を、国民全体が犯すようになる。国外で出版された何十種もの猥褻で破廉恥な中傷文書が、しだいに検閲をのがれるようになった。のちにアメリカの在フランス全権公使となるガバヌーア・モリスのような老練な人物でさえ、王妃に愛人が何人もいると疑いもなく信じていたほどだ。民衆のあいだでは、もちろん話はもっと先までいく。マリー・アントワネットは、トリアノンで幼い子どもをすり身にして食べていたとか、毎日すくなくとも六人の男と寝て、そのあと殺し、熱湯で煮つめて消滅させたとかいう罪を着せられた*66。昔からあったこのような民間の妄想は、容易になくならないもので、二〇世紀初頭の清の最後の皇后である慈禧《ジキ》（西太后）も、同じような乱行を噂された。

王妃の開かれた太腿は、男の不健全なのぞき趣味を示すだけではない[*67]。政体の倫理的堕落、異質のものが混じりあった、無秩序と逆転の状況を示している。すべてがひっくり返って混乱をきわめていた。愛人のいない王は権威を失い、王妃が何人もの愛人をつくりながら統治する。結局マリー・アントワネットの真の罪とは、革命家たちの目に、男にとって代わって、自分の役割と女の立場の範囲を超えたことだった。

「ここは女の国だ」と一七八九年アメリカから到着したばかりのガバヌーア・モリスは、かなりの驚きをもって書きとめている[*68]。モリスは回想録のなかで、その頃、「生きる喜び」の最後の数年にあったフランス社会をなんとか表現しようとしたのだ。その分野にかんして通じているタレーランもまったく同様に、革命直前のフランス社会において、女性の存在がどこにでもみられたことにくりかえし言及している。社会をリードしていたのは彼女たちだ。慣習、言語、好み、さらには政治も支配していた。彼は言っている、パリのサロンでは、若い女性がどんな話題でも自由に話し、そのなかには政府の決定や行政の非常に複雑な運営までふくまれた、と[*69]。今日、フランスにはパリテ法［公選職への男女の平等なアクセスを促進するため候補者を男女同数とする］がある。どの時代にも似ていない、嘆かわしく未分化でもめ事の絶えない時代だった。

革命は特権に対する平等の勝利だっただけでなく、女の世界にたいする男の報復でもあった。エリザベート・ヴィジェ＝ルブランが『回想記』のなかで、そのことを的確に語っている。「当時は女性が支配していましたが、革命がその座を奪ったのです」。「女性が男性のようにふるまう社会に災いあれ！」と、本人が書いたかどうか疑わしいとされているクレリーの日記の、共和主義の編集者による注釈にもある[*70]。ここにはルソーの影響、『演劇に関するダランベール氏への手紙』のなかの、一七五〇年代の終わりごろ女性の力が彼にあたえた不安感の影響がみられる。ジャコバン派はこの思想を、あまり手心をくわえることなく実行に移す。これでわかるだろう、判事たちと対決するマリー・アントワネットは、こうした議論の中心にあった。男女の混合社会だったヴェルサイユの宮廷で、ルイ一五世の愛人たちから王妃まで、王の統治がつねに女の悪しき影響下で恣意的になりがちだったことに終止符をうつため、革命は美徳の旗印のもと、革命議会には男性の男らしく力強い存在に支配された新しい政治モデルを強要した。モンテスキューは『ペルシア人の手紙』のなかですでに、ハーレム制度とスルタンの専横な権力とを結びつけて、女は風紀の乱れであり、ゆえに政治体制の乱れであるとした。ところがアンシャン・レジームの末期はエロチシズムと淫蕩が充満していた。一七七七年に秘密出版されたヴィヴァン・ドノンの傑作短編小説『その日かぎり』の冒頭を思い出す。「＊＊＊伯爵夫人は愛していないのにわたしを手に入れた。わたしをだましたのだ。わたしは怒り、彼女は去った。覚悟していたことだ。（…）復讐のためもう一度会う気になるが、今度はわたしのほうが彼女を愛さない[*71]」

一七八九年、パリ地区の陳上書で、第三身分のメンバーがはじめて売春の統制を要求している。放蕩は特権である。エロチシズムは反革命である。「まっとうな善きブルジョワジー」の健全な風俗の擁護は、第三階級の貴族階級との闘争のなかでそれほど注目されてこなかった[*72]。しかし、派遣議員だったジョセフ・フーシェがヌヴェールで一七九三年一〇月にとりしきった共和主義式の結婚式を見るといい。真っ白な鳩が舞うなかで、彼は若いカップルに祖国の祭壇で永遠の愛を誓わせ、そのあと新夫婦の一方を前線へ送り出し、もう一方には家事と子どもの教育に専念するよう求めている[*73]。まもなく、それまで女性にも認められていた請願の権利と集会の権利が縮小される。九月にマリー・アントワネットを取り調べたアマールは、裁判にも参加していて、力もちのヘラクレス役として女性の権利との戦いに励んだ。そしてしばらく後の一〇月三〇日、女性のクラブとサークルの閉鎖命令の採決にもちこむ。彼の論理は単純だった。女性の神経質な体質は、うまれつき「過度に興奮」しやすい傾向にあって、自由にとっても政権にとっても致命的である。女というものは誤謬であり混乱である。その道徳教育は「ゼロに近い」。このような考えが、革命時に書かれたものの多くにみられる。あるジャーナリストも「よくいわれているように、実際、フランスの女たちの生活態度は、まだ革命によってよくなっていない」と、記している[*74]。

したがって女は家庭に戻さなければいけない。あるいは黙らせるかだ。というのも女は反革命的である可能性があるからだ。マリー・アントワネットの裁判の前後にもシャルロット・コルデ、ロラン夫人、オランプ・ド・グージュと、女性の重要な裁判が行なわれた。

＊

すべてがつながっている。首飾り事件も、一七八九年にロンドンへ逃亡していたジャンヌ・ド・ラ・モットが自己弁護的な回想記を出版したとき、ふたたび話題にのぼった。そのなかで、ラ・モットは自分を王妃とその友人ポリニャック公爵夫人の激しい欲情の罪のない犠牲者だとしている。テーマは発せられた。同性愛者にあやつられ汚された庶民というテーマである。その人物の政治的腐敗は個人的淫乱と同視できる[*75]。一七九一年七月、革命政府はラ・モットの裁判を再開し、前判決を破棄して、女ペテン師の名誉を回復していた。彼女がロンドンで、おそらくはみじめさと絶望のせいで窓から飛び降り自殺をしていなかったら、フーキエ＝タンヴィルはきっとこの裁判に彼女を出頭させて、王妃に不利な証言をさせただろう。

だが、それもたいした障害にはならなかったようで、一〇月一五日、エルマンはこのテーマをふたたびとりあげて、彼女の隠れ家プティ・トリアノンでのラ・モットとの、いわゆる関係についてしつこく問いただす。そして明白な証拠によるかのように「彼女は例の首飾り事件であなたの犠牲者だったのではありませんか」と結論づける*76。マリー・アントワネットにとってこの種の侮辱がどれほど言語道断なものだったか、想像できる。ベーマーのダイヤモンドの首飾りが彼女の淫乱の証拠だというのだ。首飾りは、フーキエと裁判官を別の道筋へもまねく。ぜいたくと浪費、とりまきたちとの悪習、「金を堪能した」寵臣たち、よい地位につけたい友人たちの特別リスト、トリアノンでついやされた「莫大な金額」、王妃を「女神」に見立てたひっきりなしの祭り*77。一七九〇年にいわゆる赤い本［ルイ一五世、一六世の宮廷の支出が記されていた赤いモロッコ革の帳簿］が現れる前に、財務総監ネッケルが、一七八一年に宮廷の年金や特別手当を公にした有名な『王の財務報告書』を出版したのだが、そのときからパリの街をただよっていた噂の鈍いこだまを聞くようだ。要するに、マリー・アントワネットによってばらまかれた何百万が、国家を崩壊に導いた、ということである。

彼女もそれはよくわかっていた。でたらめもあったし、むだづかいもあった、とりまきの貪欲や権利濫用もあったが、それは宮廷の外のあちこちにもあることだ。いきすぎた優遇もした。ポリニャック一族には実入りのよい閑職、七〇万リーヴルにのぼるさまざまな年金をおしみなくあたえ、借金の肩代りをし、娘がギッシュ公爵夫人となったときにも八〇万リーヴルの持参金をもたせた。コワニーやブザンヴァルや、その他の人々にもあたえた。一七八七年になると——それはおそらく遅すぎたが——王妃は先頭に立って宮廷の出費削減に努めた。一七八五年のサン＝クルー城購入にも六〇〇万かかったが、それは王からのプレゼントだった。たしかにトリアノンで修繕をしすぎた、しかしそこでの暮らしは華やかな儀礼や宮廷作法抜きなので、ヴェルサイユほど費用がかからない。カンパン夫人も王妃がトリアノンでは質素だった、と言っている。

王妃が自分をとがめるべきなのは、浪費よりむしろトリアノンにいたことだった。田舎風の祭り、牧歌スタイル、田舎風の家の壁にわざと入れた亀裂、浮世離れした理想郷で、鄙びた無邪気な気晴らしをしていた長いあいだ、民衆の苦情や不満のどよめきを耳にすることからのがれていたことだ。のちになって、彼女はそのことを悔やむだろう。彼女の答弁は、すくなくとも率直であるという長所をもっている。「少しずつ浪費に駆りたてられるようになったのです。けれど、そこで何が起こったか知りたいと、わたしはだれよりも望みます」

それ以上何を言えただろうか？　国の収支報告や財政状態について、たいしたことは知らなかったにちがいない。今日では、ルイ一六世の治世最後の数年における赤字は、おもにアメリカ独立戦争への介入にかかった途方もない費用のせいだったことがわかっている。よくルイ一六世の治世は平和だったといわれるが、フランスは一七七八年から一七八三年までの六年間、イギリスと戦争状態にあった。一七八九年の宮廷の支出は四二〇〇万リーヴルで、国の支出全体の六・五パーセントあり、ほぼ帝政時代や王政復古の時代と同じである。そのかわり、同じ年、国債の元利支払が二億四一〇〇万リーヴルという驚くべき額で、支出の四一パーセントをのみこんでいた*78。

裁判では、もちろんこのようなことはまったく考慮されない。マリー・アントワネットの判事たちにとっては、トリアノンの暮らしは費用がかかった、なぜなら淫らだから、そして淫らなのはそれが秘密だったから、ということになる。それこそが大きな罪だった。仲間内の魔法のサークル、ごく少しずつ配られる王妃からの招待状、庭園は公衆に対して閉ざされ、門番には厳重な立入禁止が命じられていた。このプライベートな暮らし、この近代性、マリー・アントワネットはそれらを金で買った。そこからさまざまな憶測が生まれた。そして人々は彼女を「赤字夫人」と叫びはじめた。不貞な女たちは浪費家であることを、人はよく知っている。

＊

これらすべてがはじまりでしかなかった。もっと信用を失わせようと、判事たちは悪魔的なアイディアを思いつく。この女性の本質的な部分である母親を攻撃しようというのである。それによって、彼らは王妃に新たな打撃をくわえることができる。一九世紀ロマン派の作家たちは、マリー・アントワネットの姿を、王妃の部分と女性であり母である部分を切り離して把握した。一方には弁明の余地がないが、もう一方にはある。これがたとえばアレクサンドル・デュマのテーマである。「王妃として大罪人であるが、女性としては尊敬に値する純粋な存在だ。王冠が砕かれたのはよかった、不幸には浄化作用がある[*79]」。だが、複雑にからまって解きほぐせない関係にあるものを、どうやって分離しようというのだろう。マリー・アントワネットはもし王妃でなかったら、彼女がそうであったような女性でも母親でもなかっただろう。彼女はひとりの同じ人物なのだ。

革命家たちはそのことをよく理解していた。母を傷つけることは、王権相続の神聖なつながりを傷つけ、それを断ちきること、そして同時にあらためて王政の首を斬ることである。この問題は非常に重要だった。というのもカペーの息子はまだ生きていて、シモン夫婦の見張りのもと、タンプル塔の二階に監禁されていたからだ。そして、その少年は国王だった。母親を貶めることは、息子も貶めることにもなる。共和国の目には、この決して死のうとしない不愉快な態度を見せている王政の生きた身体を汚すことなのだ。そうすれば、王政は腐敗しておのずから崩壊するだろう。僭主を殺害するにはさまざまな方法がある。共和国はその一つを使って父親を殺害し、息子には別の手段を用いるが、今度は前のものより悪質である。身を守ることができない子どもを傷つける精神的な殺害だからだ。しかしそれには、母親も屈服させなければならない。マリー・アントワネットがもっとも大事にしているものを攻撃しようと思いつき、それを実際に行なおうとは、どんな病的な頭脳がこんな腹黒いことを考えたのだろう。彼女を死に追いやる前にもう一度苦しめようというのだ。おそらくエベールがフーキエ＝タンヴィルと話しあって、それから全員一致の賛成で、元王太子に証言させることを靴職人シモンに提案したのだろう。シモンはほんとうに小人物だったから、この種の倒錯的な想像力はなく、どんな形にせよイニシアチブをとることはできなかっただろう、と思われる。

王党派がフランス国王だと主張している少年は、一七九三年一〇月、八歳半だった。母親は、もうずっと息子とことばをかわしていない。一七九三年七月三日、必要もないのに引き離されてシモンに託されて以来だ。彼女がコンシエルジュリへ移るためタンプル塔を出るまでは、塔のテラスへ散歩につれだされる息子を一瞬でもみようと、何時間も窓のところにいたものだ、と娘のマリー＝テレーズが言っている。

マリー・アントワネットはいつのときも子どもが好きだった。自分の子ども時代を思っていたのだろうか？　失ってしまった純真さへの愛惜かもしれない。彼女は自分に似ている子どもに心を動かされたが、彼女の心にふれるような子どもは、もろくて傷つきやすかった。「王妃様はいつもお付きの者たちの子どもを近くにおいて、おしげなくかわいがっておられました」とカンパン夫人が書いている*80。食卓では膝に乗せるし、ゲームや小さなお芝居や舞踏会を催すこともあった。おやつを用意して手ずからあたえたりもした。母親になる前、ルヴシエンヌに近いヴェルサイユをとりまくある村で引きとった五歳の少年を、養子にしようとしたこともあった。もっとあとには、友人ヨランド・ド・ポリニャックの子どもたちを、自分の子どものようにかわいがる。長男の「大きいアルマン」と長女のアグラエである。アグラエは、一七八〇年、一二歳でギッシュ公爵と結婚したので「ギシェット」とよばれた。ほかにも同年代の子どもがおおぜいいた。のちにゴントー公爵夫人となるジョゼフィーヌ・ド・ナヴェーユを王妃は「わたしのかわいい白ねずみちゃん」とよんでいた。アメナイド・ダンドロー、デルフィーヌとエルゼアール・ド・サブラン。アデル・ドズモンは王の伯母たちに宮廷で育てられたが、のちにボワーニュ伯爵夫人になったとき、王妃からもらったプレゼントを思い出している[*81]。

まだ最初の女の子も生まれていなかったころ、ヴェルサイユでだれかが誕生するたびに、とくに義理の弟アルトワ伯にふたりの息子、アングレーム公爵とベリー公爵が生まれたときは、彼女は悲しさと悔しさで涙を流した。自分の運命の一部が出産にかかっていることがわかっていた。彼女は王妃であるから、子どもは彼女だけのものではない。政治と王権相続の大きなゲームのなかで、熱望されあるいはおそれられている。彼女は子どもたちを、宮廷や世論の野心や憎悪からできるだけ守りたいと思った。また、子どもたちを得たことで、大きな喜びとともに大きな悲しみも味わった。長男の短かった人生の最後の数カ月は、ヴェルサイユからマルリー宮殿へ毎朝息子を見舞いに行き、毎回泣きながら別れて帰るのだった、と当時王妃の小姓のひとりだったスマレ伯爵が語っている。長男が死ぬと、すべての愛情を最後の男の子である次男のルイ＝シャルル、ノルマンディ公にそそいだ。一七八五年五月、ルイ＝シャルル誕生の少しあと、友人のシャルロッテ・フォン・ヘッセンに宛て、この子は「国民の栄光と喜びになるでしょう[*82]」と書いたとき、彼女にその子の将来を予測することなどできただろうか。

晩年の悲劇に入りこむほどに、王妃にとって息子と娘がより重要な存在となっていく。「子どもたちだけがわたしの生きる力です」と、まだヴェルサイユにいた頃、以前子どもたちの養育係だった友人ヨランド・ド・ポリニャックに書いている[*83]。それから三カ月後にテュイルリーに移ってからの手紙では、「実際、わたしが幸せでいられるのも、この小さいふたりのおかげです。わたしの大事なおちびさん《シュー・ダムール》はほんとうにかわいくて、わたしはもう夢中です。あの子のほうもあの子なりのやり方で、わたしをたいそう慕ってくれています。あなたやあなたの家族を思い出させるために、あの子のことを好んでそんなふうによんでいます[*84]」。このとき息子は四歳だった。また新しい養育係のトゥルゼル夫人にも書いている。「あの子は健康で元気な子どもたちみんなと同じで、とてもそそっかしくて、軽薄で、怒ると乱暴ですが、ばかな考えに駆られていないときは、いい子でやさしくて甘えん坊です。(…)生まれつき陽気なのです[*85]」。テュイルリーでは、娘を庭に面した一階の自分の寝室で寝かせ、息子はその上の二階で、養育係といっしょに寝かせた。ときには、友人ヨランド・ド・ポリニャックに手紙を書いていると、娘がやってきて二言三言書きそえることもあった。「この子は、わたしがこのお手紙を書いているときちょうど部屋に入ってきて、ごく自然にちょっと書きそえました」。この時期、子どもたちにはまだ自分の家があり、副養育係も侍女たちも先生たちもいた。王妃が王とともに、王がいなくなってからはひとりで全面的に子どもの勉強をみるようになったのは、タンプル塔の牢獄に移ってからのことだ。トゥルゼル夫人に渡していたメモに、王子の健康について、運動が必要であることやほんの小さなわがままについても詳しく書いてあるのを見るだけで、王妃が非常に注意深かったことがわかる。ヴェルサイユで王女が歯の激しい痛みに襲われたときは、ひどく心配して親しい友人たちに詳しいことを話している[*86]。一七八〇年、母への最後の時期になる手紙は、離乳のこと、はじめて顔がわかったこと、はじめてパパと言えたことなど、すでに娘のことでいっぱいだ。

マリー・アントワネットの世界は『エミール』の世界、家族内の親密さ、感性の開花につながっている。また、テュイルリー占領の少し前、家族の小さい儀式が行なわれている。あまり注目されていなかったようだが、未来の王への帝王学と母后のロマンチシスムを明白に物語っているので、これにはだれも無関心ではいられないはずだ。一七九二年三月、ルイ一六世は、王妃の願いで息子に騎士の甲冑を着せ、心と勇気の貴婦人を選ぶようながした。すると子どもは母の前に進んで地面に膝をつき、母の手をとった。「あなたをわたしの意中の女性とし、何があろうとあなたをお守りするために命を落とすことを誓います[*87]」。ほぼ同じころ、クェンティン・クロフォードは、王妃をテュイルリーから救出してブリュッセルへつれていく手段を入手したのだが、はっきりと拒否されている。マリー・アントワネットは夫から、そしてとくに子どもから離れるのを望まなかった。「母としての愛情が、確実と見える死に立ち向かわせた」と彼は言っている*88。子どもたちが彼女の命だった。彼女はそれを最後までくりかえす。裁判の数週間前にコンシエルジュリの牢獄で尋問された際も、言う。「わたしの家族は子どもたちです。あの子たちと一緒でなければ、そしてあの子たちのいないどんな場所でも心穏やかではいられません*89」

＊

別れてからの数カ月、王太子が最初の頃ひどく泣いて食事をまったく受けつけなかった、ということ以外はもれ伝わってこなかった。その後に起こることを理解するためには、マリー・アントワネットが息子の性格について記したことに注目するのも意味のないことではない。王太子がどんなに怖がっているかということ、知らない人に気に入ってもらわなければならないこと、そしてとくに虚言癖の傾向があることについて、彼女はトゥルゼル夫人にしつこいほどくりかえしている。「あの子は人が話していることを聞いて、容易にそのままくりかえせるのですが、そのことに、たいていは嘘をつくつもりでなく、自分で想像したことをつけくわえてしまうのです。それは大きな短所なので、直さなければなりません*90」。少年の態度の変化に最初に気づいたのは、タンプル塔で囚人たちの監視の任務にあった委員たちだった。そのなかのひとりフランソワ・ドージョンは、ある日シモンの部屋でいっしょにボール遊びをしているとき、少年が母と叔母を非常識な言葉でののしったので驚いたと断言している。上の階の足音を聞いて「あの売女たちはまだギロチンにかかっていないのか」と言ったというのだ*91。少年は完全に隔離されていたわけではなく、担当の委員やエベール派の国民衛兵隊員に会うこともあった。塔のテラスにも毎日出ていたが、公安委員会の命令により、彼の生活に責任をもつアントワーヌ・シモンに全面的に従属していた。

シモンは一七九三年には五七歳で、妻のマリー・ジャンヌ・アラダムは四八歳。一七八八年、前の妻バルブ・オヨーの死からまもなくのとき再婚した。この前妻が彼のすべり出しを助け、一七六〇年代の終わりに、パリの靴職人の親方だった最初の夫の営業権を彼に継がせた。しかし商売はすぐに不振におちいった。そこでシモン夫婦はセーヌ通りでささやかな貸し部屋つき安食堂を立ち上げる。また同じことだった。商売は傾き、安食堂は閉鎖される。シモンは重い借金を背負って、状況はよくわからないが、コルドリエ通り三二番でふたたび靴職人をはじめた。オデオン交差点からほど近い、現在のエコール・ド・メディシン通りである。革命を熱狂的に支持し、パリのなかでも「急進的な」テアトル・フランセ地区《セクション》の活発なメンバーとなり、次いで八月一〇日の蜂起コミューンの、それから最後にパリのコミューンの理事会メンバーとなった。純粋のサン・キュロットだ。マラーが同じ通りの一八番に住んでいて、じきに彼の名前を冠するようになるテアトル・フランセ地区を動かしていたが、シモンをよく知っていて評価していたので、カペー少年の監視役として委員会に推薦した。シモンはすでにコミューンの委員としてタンプル塔にいて、同僚数人の疑わしい行動を告発して、熱心さをアピールしていた。七月三日に職務につき、依頼によって、と本人は言うだろうが、一七九四年一月一九日にその職を離れて、もとの理事会に戻る。おそらくこの時期ほど、シモンがよい報酬を得ていたことはなかっただろう。本人に六〇〇〇リーヴル、妻に三〇〇〇リーヴル。だが、彼にはもうあまり生きる時間が残されていなかった。テルミドール九日の反乱にまきこまれて、翌日（一七九四年七月二八日）、ロベスピエール、クートン、サン＝ジュストと同じときにギロチンにかけられる。彼の二番目の妻は彼よりずっと長生きして、一八一九年に廃疾者救済院で死ぬ＊92。

シモンは謎だ。自分のまわりで起こる出来事についていけなかった愚直な男、という見方もあれば、冷血なサディストだったという見方もある。幼い王太子を生まれの拘束から解き放って一種の現場再教育を行ない、革命に参加させる任務を負った政治委員だった、という見解さえある。

おそらくおしゃべりで、粗野で、卑屈なだけの人間だったのだろう。それでもやはり、このすでにいい年をした庶民の男と八歳の幼いプリンスとをへだてる淵の深さを測る必要がある。彼は、タンプル塔を出た少しあとに、たった一度だけ打ち明け話をしたことがある。相手は、ジェノバからイギリス人外交官フランシス・ドレークによって指揮されていた、在パリ、イギリス諜報機関のフランス人諜報員で、おそらくは国民衛軍の士官だ。シモンはすべてについて自分は潔白だと言い、幼い囚人に「強い酒」を飲ませたり、「汚い言葉や信仰に反すること」を教えたり、猥褻な本をあたえたりしたのを、タンプル塔の守衛たちの責任にした。また健康を害しているのは、梅毒が進行しているせいで、——この時代は性病と言った——兵隊のためによんだ売春婦のひとりとの接触でかかったのだろう、と説明した*93。これらすべてはあまりにおぞましい内容なので、一八九〇年代末にシモンの供述を出版した歴史家のG・ルノートルは、その部分をラテン語に書き替えることにしたほどだ。

シモンはとくにエベールに責任をかぶせた。少年に母親に反する証言をさせようと思いついたのは彼だ、ギロチンにかけるとおどしたりしたので、恐怖で幼い囚人は気を失った、などと言った。忘れないようにしよう、コミューンのヒエラルキーにおいて、自治区民である靴職人シモンは、一七九二年一二月からコミューンのふたりの検事代理のうちのひとりであったエベールに従属していたということだ。彼はまた「デュシェーヌ親父」の熱心な読者であり、その出版人エベールがマラー亡き後支配しているコルドリエ・クラブに席を占めている。要するに、シモンは彼の支配下にあった。意気地なしで、御しやすく、きっとそのせいで、サン・キュロットたちがいうところの「マルモタン（ちびすけ）」の監視役にえらばれたのだろう。一部の歴史家は、当時エベールには許しを得るべきことがたくさんあったはずだ、とほのめかしている。マリー・アントワネット裁判の一カ月後になる一七九三年一一月には、議員のシャボとファーブル・デグランティーヌが、彼をロベスピエールに告発する。王党派の陰謀すべての主導者と目され、革命期に伝説になるほどよく名前がささやかれた人物、バッツ男爵によって共和国に反してくわだてられた非常に危険な陰謀*94にかかわったというのだった。疑いを根拠に、ダントンの友人であるカミーユ・デムーランは自分が発行しはじめた「ヴィユー・コルドリエ」（コルドリエ街の古株）紙上で、彼を弾劾するキャンペーンを打った*95。出版人で王党派の指導者マレ・デュ・パンは、ふだんから情報に明るい人物だったが、この話を逃がさなかった。エベールは一七九三年の八月と九月、最後の王妃誘拐の試みを画策していたにちがいない、と主張した*96。それ以上のことはわからない。六月、同じ疑いがダントンにもかけられていた。だがそれにしてもなぜ、ジャコバン・クラブの演壇で「デュシェーヌ親父」の執筆者エベールは、八月にそしてさらに九月二七日に王妃をタンプル塔へ送り返すことを要求したのだろうか？*97　またマレ・デュ・パンによると、エベールはバッツ男爵の女友だちのひとりに言ったという「王妃を救えなかったら、死なせるしかない」。彼は言ったとおりのことをしたではないか。

いずれにせよ、その三日後の九月三〇日、シモンはエベールに手紙を書き、カペーの息子がしゃべる用意ができた、と知らせた。手紙の綴りだけが彼らしい。「おれにあうのわすれないで、いそいでるですから*98」。一〇月六日、少年はたいへん仰々しく尋問される。パリ市長パシュ、検事ショーメット、エベール、そして五人の委員、そのなかのひとりドージョンが書記をつとめた。シモンももちろんいた。カペー少年は椅子に座って、床までとどかない小さな足をぶらぶらさせていた。もじもじと心配そうだったので、少年が嘘をついているのを確信した、とのちになってドージョンは語る*99。少年はその日、人が彼に言わせたいと思うことをくりかえしただけだった。まちがいなく怖がっていた。またおそらくそこには、いけない、と言われたことに対して報復する子どもの虚勢があっただろう。少年がタンプル塔で自慰の習慣がつき、母親がそれを叱っていたことが、叔母エリザベートの話でわかっていた。

彼らは少年に、自分がシモンに言ったこと、したと言ったことが本当だと確認するよう、しつこく迫った。そして「ルイ＝シャルル・カペー」と署名させた。子どもの署名はcapet《カペー》の「p」と「t」の形がうまく書けていないし、Charles《シャルル》の「s」が抜けている。テュイルリーでは、「ルイ＝シャルル」あるいは「ルイ王太子」と署名して、きれいなページに、きちんと書かれたものが今日でも私的なコレクションのなかに保存されている[*100]。この二つの署名のあいだには数カ月しかなかったのに、両者をくらべると天地の差があるという印象をうける。翌日、ルイは叔母と姉に対面させられるが、ふたりがいくら違うと言っても、少年は意見を変えなかった。「わたしが泣いても、彼らは追及をやめません」と姉が語っている。「わたしが理解できないことでした。けれどわかったことはあまりに醜悪なので、憤りで泣いてしまいました[*101]」。「ああ、怪物になってしまった」とマダム・エリザベートも叫んだようだ。母親の死後の一〇月二六日にも、少年の尋問が行なわれた。このたび少年は、母や姉たちに秘密のメッセージをもってきた委員たちの名前をあげる[*102]。密告だけが最後の救いであり、彼らが聞きたいことを言うことだけが看守たちから自分の身を守る手段となってしまったのだろう。しかしながら一〇月二六日、少年は絶望からくる思いやりのようなもの、後悔の色をおびたような気持ちを見せる。証言の最後に、母の無実を証明しようとした。この悪巧みをそそのかしたのは叔母であって、母ではない、と言ったのだ[*103]。

エベールは証拠をにぎった。一〇月一四日の午後、彼は自分が起こそうとしている反響に自信があった。証人席によばれると、まず被告人の波乱の人生を語り、それから本題に入った。「淫らな手淫」とよばれるものについて証言し、母と叔母に教えられたのだと説明する。それから話はもっとひどくなる。エルマン裁判長に向け、検事フーキエに注視されながら、彼は説明する。少年の供述から、「ふたりの女性はよく子どもを彼女たちのあいだに寝かせ、激しい淫行にふけっていたことが結論されます。カペーの息子がそう言ったのだから、疑う余地はなく、母と息子のあいだには近親相姦の行為が行なわれたのです[*104]」。それだけではなかった。エベールはおそらく、告発するだけでは満足しないで、頭のいいところを見せたかったのだろう、理屈をこねる。マリー・アントワネットは楽しみのために息子と同衾しただけでなく、政治的な理由、息子をより支配できるように「体を衰弱させ」る、というよこしまな意図があった、というのだ。これを言いながら、彼は被告人のほうを見ただろうか？　せめて正面から投げかけられた嫌悪が、卑劣漢たち熱意をくじくことになっただろうか。数カ月後エベールは、今度は自分の番で、ギロチンへの道を進むとき、体をねじってうめくことになるが、人々はそれを無視するだろう。

マリー・アントワネットは、すぐには反応しない。エベールの言ったことにあまりに動揺したため、それを聞いていなかったかのように見えた。陪審員のひとりがやってきて答えるようにとの命令を厳しく伝えることでやっと、法廷のほうを向き、人々が知っているあのせりふを口にした。それがあまりに印象的で記憶に残っているため、ほかのことは忘れてしまうほどだ。「わたしがお答えしないのは、ひとりの母親にむけられたこのような嫌疑は、本質的に答えるのをこばむものだからです。わたしはそのことを、ここにおられるすべての母親に訴えます」[*105]。「ここで被告人は激しく心を動かされたように見えた」と記録されている。彼女は顔を紅潮させ、涙をこぼした[*106]。目撃者のひとりは、彼女の聴衆へのよびかけを「悲痛な調子だった」と語っている[*107]。少し後、感情の高まりがひとたびすぎさると、はっきりと、かつてないほど母親として、息子の尋問についてどう思うかを語る。「八歳の子どもに、人が思いどおりのことを言わせるのは簡単です[*108]」

すぐに、エベールに対する彼女の答えの何とおりもの異本が、民衆のあいだをかけめぐった。この時期パリにいたイギリス人の記録文学者ヘレン・マリア・ウィリアムズは、そのひとつを保管していたのでそれが残っている。「ここに集まっているすべての母親によびかけます、このなかでひとりでも、こんなけがらわしいことを考えただけで身震いしない人がいたら、教えていただきたい[*109]」。法廷監視官の報告を信じるなら、そのとき、裁判の流れが最初で最後に、被告人に有利に変わりそうになった。翌日、警官プレヴォの報告によると、被告人の発言以降、(王妃の死を望んでいた)よき市民たちはすっかり活気をうしなって、裁判の結論を心配しはじめた[*110]。

のちの王政復古の時期、そこにいたなかで、忠誠をつくして王党派にとどまっていたか、あるいは王党派に戻った何人かは、胸を引き裂くような叫び声や失神した女たちを運び出さなければならなかったことを語るだろう[*111]。もう少しすれば、編み物女《トリコトゥーズ》たちは歓声を上げはじめるところだったという。弁護士のショヴォー=ラガルドは、彼女に味方する「称賛のどよめき」を指摘しているし、ジャック・フランソワ・ルピートルは回想記のなかで、いつものように熱をこめて語っている。「エベールによるおぞましい非難を」を聞いて身震いし、彼に「厚顔の怪物」の烙印を押したらしい[*112]。だがわたしはむしろ、この裁判と同じころにスタール夫人が友人のナルボンヌに書いた手紙の「地上の地獄[*113]」という簡潔な表現を好む。

ロベスピエールでさえ「このエベールのばか」に憤った。なぜなら愚かなやりすぎのために、事件全体を失敗させかねなかったからだ。サン=ジュストやバレールと食事中だったが、怒りのため、フォークで皿を割ったという[*114]。

わたしはこうしたことをまったく信じていない。王妃の性的な恥ずべき行為の噂は、民衆に広く知れわたっていたので、革命の支持者たちのあいだで、エベールの起訴に驚いた者はほとんどいなかった。王妃が非難された「もっとも尋常でない淫行」を、人々はずっと前から知っていた。一〇年以上前からその表現は出版物によく姿を現していた。結局、オーストリア女は、ほかにもいろいろしたのだ…。風紀がこの国民裁判で勝利するだろう、とジャコバン派は考えた。美徳が勝利するだろう。ルイ・デュフールニーは毎晩裁判の報告をサン＝トノレ通りのジャコバン・クラブにしていたが、恥ずかしさを抑えるようすさえ見せて、エベールがこのような「嫌悪すべき行為」を暴露しながらも示すことができたという節度と「つつしみ」を称賛した*115。被告人が告発者の前で赤面したのは、つつしみや潔白からでなく、発覚したのが不愉快だからだ、とロベスピエールを信奉する新聞の記者は言う*116。人は美徳の名前なら、なんでも言えるし、なんでもできる。革命の時代には、その美徳が、革命家たちが文字どおりひたりきっていたローマの歴史の例に見るような地位を獲得していたのだから、なおさらだった。また美徳は、私的領域から乱暴に引き離されると、公的な生活に倫理的な意味をあたえ、その審判者として善悪を言うようになる。時代によってどう変わるかわからない危険を秘めながら、今日もなお同じことが続いている。

いずれにせよ、アドルフ・ティエール［一七九七―一八七七年、政治家・歴史家］が言うように、妄想がつくり出した現実と憎悪が、理性に、要するに有能な少数派の人間性にまさったのだ。共和国が生きるために、その創設者たちは、血ともっとも邪悪な中傷にまみれながら、自分たちのために道を開かなければならなかった。その痕跡は長く残ることになる。

*

フランスでは当然だれも失墜した王妃を守ろうとしなかったし、弁護しようとさえしなかった。あまりに危険だったからだ。しかしひとつの声があった。それは女性の声で、耳を聾する静寂のなか、亡命先のジュネーヴから聞こえてきた。ジェルメーヌ・ド・スタールの声だった。王妃は死ぬ前にそれを知っていただろうか？　そうは考えにくい、だがもしそれを知ったなら非常に驚いただろう。スタール夫人は、財務大臣ネッケルの娘で、王妃とは考えが違った。彼女は情熱的な立憲主義者でリベラルだった。一七九一年一二月、彼女は自分の愛人を王に強いて採用してもらったが、そのナルボンヌ伯爵は戦争省で王党派の影響を打破すべく働いたものだ。夫のスタール男爵もやはり進歩的な考えの持ち主だった。

彼女の『王妃の裁判についての考察』は八月末に出版された。マリー・アントワネットが裁判にかけられる一カ月以上前である。だが、書かれていることを見ると、すでにこれから先起こることをすべて推測し、理解していたようだ。彼女が弁護したのは、王妃ではなく女性と母親である。政治議論を展開するのでなく、あるひとりの女性への女性たちの同情をかきたてようとしている。ややおおげさなスタイルで、ジェルメーヌ・ド・スタールの最高傑作の部類には入らないが、フェミニストの先駆者として、ねらいは正確だ。「わたしはあなた方の味方です。弱さにつけこみ、憐憫のかけらもなく、生贄に捧げられる女性たち。もし無慈悲が支配するようなら、あなたがたの国は終わりです。(…)自然の武器をもって王妃を救いなさい、あの子を助けに行きなさい、あれほど愛してくれた母親を失わなければならないなら、あの子は死んでしまうでしょう[*117]」。彼女はまた「拷問者たち」に厳しいことばを投げかける。「あなた方は死によって支配しています。あなた方の政府の本質に欠けている力を恐怖のなかに見つけて、王座があったところに、あなた方は死刑台を立てました[*118]」。最後には直接、王妃の裁き手となる人々に向かって、彼らがこれからヨーロッパの前でする決定によっては、彼女の「殺人者」になるかわりに「解放者」になれるかもしれないことを訴えている[*119]。

当時、ジェルメーヌ・ド・スタールの孤独な弁護を読んだのはごく少数の人で、ほとんど見すごされた。それは沈黙していた女性たちにとって、死後の慰めくらいにしか役立たなかった。マリー・アントワネット裁判は行き着くところまでいくだろう、なぜなら、そうするしかなかったからだ。不幸というものにも厳密な理論がある。すでに見えない手で弓が引きしぼられ、矢が射られていた。いまなにが起ころうと、矢は的まで行く。この裁判は意外な展開や驚きや不意打ちのあるドラマではない。悲劇なのだ。『アンティゴーヌ』のプロローグで、アヌイが主人公を紹介している。「やせた少女があそこに座っています」。それだけで観客は一気に、彼女がどうやっても運命の窮地を脱することができないことを予見するのだ。「彼女は真に生きたいと願っているでしょう。しかしどうすることもできません。彼女の名はアンティゴーヌ、彼女は最後まで自分の役を演じるしかありません。（…）悲劇は清潔です。安心で、確実です…」

◆著者略歴◆
エマニュエル・ド・ヴァレスキエル（Emmanuel de Waresquiel）
1957年パリ生まれ。サン＝クルーのエコール・ノルマル・シュペリウール（人文科学）卒、歴史学博士。現在は、フランス高等研究実習院EPHEの第４部門（歴史科学と文献学）で指導にあたっている。フランス19世紀が専門だが、歴史学全般の出版に広く貢献し、ペラン、タランディエ、ラルース社等で『Le siècle rebelle: Dictionnaire de la contestation au XXe siècle（反乱の世紀——20世紀の異議申立て事典）』などの歴史書の企画編集に携わった。季刊の研究誌「コメンテール（Commentaire）」や由緒ある学術月刊誌「両世界評論（la Revue des deux Mondes）」の編集委員をつとめ、また定期的に各種のメディアに寄稿するほか、すぐれた伝記作家、エッセイストでもあり、リシュリュー、フーシェ、タレーランなどの伝記などで、フランスでもっともよく読まれている歴史家のひとりである。

◆訳者略歴◆
土居佳代子（どい・かよこ）
フランス語翻訳家。青山学院大学文学部卒。訳書に、レリス『ぼくは君たちを憎まないことにした』（ポプラ社）、ミニエ『氷結』（ハーパーコリンズ・ジャパン）、バラトン『ヴェルサイユの女たち』、ビュイッソンほか『王妃たちの最期の日々』（以上共訳、原書房）、ギデール『地政学から読むイスラム・テロ』（原書房）など、著書に、『超音読レッスン——フランス語で読むシャルル・ペローのおとぎ話』（共著、IBCパブリッシング）がある。

マリー・アントワネットの最期《さいご》の日々《ひび》
上

●

2018年4月10日 第1刷

著者………エマニュエル・ド・ヴァレスキエル
訳者………土居佳代子《どいかよこ》
装幀………川島進デザイン室
本文組版・印刷………株式会社ディグ
カバー印刷………株式会社明光社
製本………東京美術紙工協業組合
発行者………成瀬雅人

発行所………株式会社原書房
〒160-0022 東京都新宿区新宿1-25-13
電話・代表 03(3354)0685
http://www.harashobo.co.jp
振替・00150-6-151594
ISBN978-4-562-05477-0